KB121359

로크미디어가
유혹하는
재미있는 세상

ROK
MEDIA
로크미디어

무인환생 6

2023년 5월 4일 초판 1쇄 인쇄
2023년 5월 10일 초판 1쇄 발행

지은이 윤신현
발행인 강준규

기획 이기헌 왕소현 박경무 강민구 조익현
책임편집 금선정
마케팅지원 이원선

발행처 (주)로크미디어
출판등록 2003년 3월 24일
주소 서울시 마포구 마포대로 45 일진빌딩 6층
Tel (02)3273-5135 **Fax** (02)3273-5134
홈페이지 rokmedia.com **E-mail** rokmedia@empas.com

ⓒ 윤신현, 2023

값 9,000원

ISBN 979-11-408-0606-5 (6권)
ISBN 979-11-408-0600-3 04810 (세트)

ROK
MEDIA
로크미디어

武人還生

6

무인환생

윤신현 신무협 장편소설

차례

제45장 삼괴(三怪)의 시작

"여긴 어쩐 일이야?"

환하게 웃으며 달려온 오빠들을 향해 팽나연이 미간을 좁히며 물었다.

말도 없이, 그것도 후기지수들을 대동한 채로 찾아올 줄은 몰랐기에 그녀는 살짝 나무라는 투로 말했다.

"이번에 남궁세가에서 용봉지회(龍鳳之會)가 열리잖아. 그런데 남궁세가에 가기 전에 다들 이곳에 들르고 싶어 하더라고."

"그래서 오빠들이 안내했다고?"

"그런 말이 아니라. 우리가 아니더라도 알아서 찾아왔을 거야."

뾰족한 팽나연의 말에 두 형제가 어쩔 줄을 몰라 했다.

밖에서야 하북팽가의 소가주고 이공자였지만 집에서는 막냇동생에게 잡혀 사는 인생이었다.

그렇기에 둘은 어색하게 웃으며 별다른 말을 못 했다.

"오랜만에 뵙습니다."

"아! 인사가 늦었습니다."

그때 석진호가 두 사람을 구원해 주었다.

자연스럽게 말을 걸며 화제를 전환시켰던 것이다.

특히 이공자인 팽무곤은 석진호와 초면이었기에 정중하게 포권을 했다.

"말씀 많이 들었습니다. 팽무곤입니다."

"석진호입니다."

"저도 있습니다, 석 공자."

팽무곤과 인사를 주고받는데 당무린이 씨익 웃으며 다가왔다.

그 역시 후기지수들과 함께 있었던 것이다.

"오빠도 있었으면 미리 연통이라도 보냈어야지!"

"……만나자마자 하는 게 잔소리냐."

나지막하게 타박하는 당하린의 모습에 당무린이 실소를 흘렸다.

어째 자신이 잘못한 것처럼 분위기가 흘러가서였다.

동시에 당무린은 자기도 모르게 팽가 형제들을 쳐다봤다.

본능적으로 같은 처지라는 것을 느꼈던 것이다.

무인환생

"갑자기 찾아와서 깜짝 놀랐잖아."

"나도 막 합류했어. 승천무관에 간다는 건 합류해서 알았고. 하북성에 모여 있다기에 나는 당연히 팽가에 가는 줄 알았지. 근데 만났더니 승천무관에 간다고 하더라고. 전서구를 보내려고 했는데 생각해 보니 우리가 움직이는 게 더 빠를 것 같더라고."

"변명이라고 하기에는 참 빈약한 핑계라는 거 알지?"

조목조목 따지는 당하린의 말에 당무린이 어색하게 웃었다.

그러는 사이 용봉회에 속해 있는 후기지수들이 다가왔다.

오대세가뿐만 아니라 구파일방을 비롯해서 명문 세가들과 무문(武門)들의 후기지수들도 함께였는데 석진호를 쳐다보는 눈빛들이 상당히 다양했다.

도발, 질투, 시기, 호기심, 무시 등등 온갖 감정들이 다 담겨 있었던 것이다.

"처음 뵙겠습니다. 남궁수라고 합니다."

"아, 예."

"미리 연락을 드렸어야 했는데, 그러질 못했습니다. 인원이 많아서 조율하는 데 시간이 오래 걸렸습니다. 갑자기 의견이 나오기도 했고요."

무리의 대표라 할 수 있는 남궁수가 정중하게 사과했다.

여러 가지 이유를 설명하며 진심으로 고개를 숙였던 것이다.

뒤이어 제갈경이 거들듯이 부연 설명을 했다.

특유의 조곤조곤한 목소리로 이렇게 된 이유를 차근차근 설명했던 것이다.

"기분 나쁘셨다면 다시 한번 사과드리겠습니다."

남궁수에 이어 제갈경이 석진호를 향해 고개를 숙였다.

오대세가의 한자리를 차지하는 제갈세가의 소가주인 그가 일말의 망설임도 없이 사과했던 것이다.

그런데 그 모습에 몇몇이 눈살을 찌푸렸다.

결례를 저지른 건 사실이었으나 그렇다고 크게 잘못한 것도 아니었다.

한데 남궁수에 이어 제갈경까지 석진호에게 사과하자 몇몇은 얼굴 가득 못마땅한 표정을 지었다.

특히 서문추는 기대했던 것과는 전혀 다른 광경에 눈을 모았다.

'내가 원한 건 이게 아니었는데.'

서문추가 두 눈을 게슴츠레하게 떴다.

저렇게 화기애애한 모습을 보고자 여기까지 따라온 게 아니었다.

소문이 무성한 석진호의 실제 실력도 실력이지만 그는 육룡과 석진호가 화끈하게 붙는 걸 기대했다.

독룡 당무린이야 석진호와 안면이 있다지만 나머지는 아니었다.

무인환생

더욱이 세간에서는 육룡보다 석진호를 더 높이 평가하기에 그는 당연히 한판 제대로 붙을 줄 알았다.

하지만 결과는 그가 기대했던 것과는 정반대였다.

'그렇다면 어쩔 수 없이 분위기를 조성할 수밖에.'

상황이 마음에 안 든다면, 마음에 들게 바꾸면 될 일이었다.

혹시나 이럴까 싶어서 미리 준비한 것도 있었고 말이다.

게다가 이런 상황을 원치 않는 건 그뿐만이 아니었다.

"소문이 사실인 모양입니다."

"……."

이곳에 오는 동안 친분을 다진 황보굉을 향해 서문추가 입맛을 다시며 말했다.

황보굉을 따라 석진호의 옆에 서 있는 팽나연을 바라보면서 말이다.

그러자 황보굉이 움찔거리는 게 느껴졌다.

"팽 가주께서는 탐탁지 않아 한다던데 팽 소저의 생각은 다른 모양입니다."

"하고 싶은 말이 뭐냐?"

"저대로 지켜만 보고 계실 겁니까? 보아하니 팽가 형제분들은 팽 소저와 같은 생각인 거 같은데 말이죠. 저번에도 말씀드렸다시피 저는 소가주님 편입니다. 팽 소저에게 가장 잘 어울리는 분은 소가주님이시죠."

"당연하지."

황보굉이 부리부리한 안광을 흩뿌리며 고개를 끄덕였다.

팽나연의 짝으로 자신보다 더 어울리는 이는 없다고 생각해서였다.

그리고 그건 다른 이들의 생각도 같았다.

장신인 팽나연의 키를 감당하려면 적어도 자신 정도의 허우대는 갖춰야 했다.

"저는 아버지께 사랑은 쟁취하는 것이라고 배웠습니다. 그리고 사실 다들 비장의 한 수 정도는 숨겨 두고 있지 않습니까. 세간에서는 천룡검이 육룡보다 뛰어나다고 하지만, 제 생각은 다릅니다. 또한 소가주님 역시 육룡과 비교해도 뒤떨어지지 않고요."

"맞습니다. 다른 소가주들과 마지막으로 비무를 한 게 작년이지 않습니까. 일 년이면 많은 게 변합니다."

진주언가의 장자인 언무결이 비릿하게 웃으며 거들었다.

그 역시 서문추와 같은 생각이었다.

이런 분위기는 그에게 좋지 않았다.

잘난 놈들끼리 치고받고 싸워야 그와 같은 이들에게 기회가 생길 가능성이 있기에 아주 자연스럽게 황보굉을 부추겼다.

"실력이라는 게 죽순처럼 하루가 다르게 쑥쑥 자라는 게 아니지 않습니까. 정체되어 있을 수도 있습니다."

"천룡검이 지금 잘나간다지만 내년에도 그러리라는 보장

무인환생

은 없지요."

"그렇지."

서문추의 맞장구에 황보굉의 눈빛이 달라졌다.

소문이 사실이라면 그가 이길 가능성은 희박했다.

하지만 반대로 말하면 지더라도 그가 잃은 건 없다는 뜻이기도 했다.

'아니. 승패는 붙어 봐야 아는 법. 미리부터 진다고 생각할 이유는 없지.'

하수가 고수를 잡는 일은 의외로 강호에 비일비재했다.

그렇기에 황보굉은 혹시나 하는 기대를 버리지 않았다.

석진호가 방심한다면 그걸 이용해 초반에 승부를 낼 수도 있다고 생각했던 것이다.

하지만 그런 걸 다 떠나서 그는 석진호의 곁에 팽나연이 나란히 서 있는 게 꼴 보기 싫었다.

쿵쿵쿵.

육중한 발소리와 함께 황보굉이 석진호를 향해 성큼성큼 다가갔다.

세간의 관심을 증명하듯 석진호의 주위에는 육룡오화(六龍五花)가 모여 있었는데 그가 다가가자 모두가 고개를 돌렸다.

"반갑소. 황보세가의 황보굉이라 하오."

"석진호외다."

유독 황보세가라는 네 글자에 힘을 주는 황보굉의 모습에 석진호가 피식 웃으며 짧게 대답했다.

표정만 봐도 무엇 때문에 찾아왔는지 짐작이 가서였다.

그런데 웃는 석진호와 달리 팽나연과 당하린은 눈살을 찌푸렸다.

대뜸 다가온 것도 무례하지만 마치 석진호를 아랫사람 보듯이 쳐다보는 게 상당히 거슬렸던 것이다.

"석 소협을 찾아온 건 다름이 아니라, 이렇게 만난 것도 인연인데 서로의 실력을 겨루어 보는 건 어떻겠소. 언제 또 이런 자리가 마련되리란 보장도 없고."

황보굉의 말에 주변이 갑자기 조용해졌다.

모든 이들이 그와 석진호를 쳐다봤던 것이다.

특히 당무린을 제외한 육룡 다섯 명의 눈빛이 반짝거렸다.

안 그래도 어떻게 말을 꺼내나 고민하고 있던 찰나에 황보굉이 나서서 물꼬를 터 주자 다들 반색하는 표정을 지었다.

"비무라."

"설마하니 천룡검이라 불리는 석 소협이 나를 두려워할 리는 없을 테고."

황보굉이 비릿한 표정을 지었다.

어느 쪽이든 자신은 상관없다는 얼굴이었다.

그 모습에 당하린은 물론이고 팽나연이 얼굴을 찡그렸다.

하는 짓이 볼수록 가관이어서였다.

그러나 대부분은 황보굉에게 동조하는 분위기였다.

武人還生
무인환생

다들 석진호에 대해 궁금한 건 마찬가지였기 때문이다.

점잖은 남궁수조차도 호승심을 숨기지 않았고, 여인들도 호기심 어린 눈빛으로 둘을 주시했다.

"도전하기에는 급이 너무 안 맞는 거 같은데."

"뭐라고?"

"가문의 위세만 믿고 까불기에는 지닌 바 실력이 형편없는 것 같아서 말이야."

"말조심해라!"

느닷없이 끼어드는 북궁혁을 향해 황보굉이 퉁방울만 한 눈을 부라리며 으르렁거렸다.

하지만 그런 그의 살벌한 기세에도 북궁혁은 코웃음 쳤다.

이제 겨우 절정에 발을 디딘 주제에 너무 나대는 것 같아서였다.

'뵈는 게 없으니 그렇겠지.'

아는 만큼 보인다는 말이 있었다.

그러니 범의 코털을 건드리는 줄도 모르고 저렇게 건방을 떠는 것일 터였다.

아니면 혈기에 뇌가 바짝 익었거나.

'가문을 믿고 거들먹거리는 꼴이라니.'

황보세가라는 배경을 믿고 우쭐거리는 황보굉의 모습에 북궁혁은 어이가 없었다.

물론 배경이라는 것은 중요했다.

하지만 가문이, 배경이 무림에서 꼭 목숨을 지켜 주는 건
아니었다.

결국 중요한 건 개개인의 실력이었는데 황보꿩은 마치 자
신이 황보세가인 양 행동하고 있었다.

"말조심해야 하는 건 그쪽이고. 초면에 대뜸 비무 신청이
라니, 실례라고 생각하지 않나?"

"무례는 네놈도 범하고 있는 거 같은데."

"가는 말이 좋아야 오는 말이 곱지. 내 친구한테 무례하게
하는 꼴을 봤는데 말이 정중하게 나가겠어?"

"친구?"

"그리고 북해였으면 넌 이미 혓바닥이 뽑혔어."

흠칫!

북해라는 말에 황보꿩이 순간 움찔거렸다.

동시에 여기저기에서 소곤거리는 소리가 들려왔다.

안 그래도 백발을 지닌 모습에 다들 신분을 궁금해했었는
데 북해라는 단어가 나오자 다들 똑같은 곳을 떠올렸다.

"……혹시 빙궁 출신이시오?"

"그러니까 황보세가의 소가주한테 이러겠지?"

"으음!"

비릿하게 웃으며 대답하는 북궁혁의 모습에 황보꿩이 침
음을 흘렸다.

헛소리로 치부하기에는 건물 앞에 서 있는 백발의 중년인

이 풍기는 기세가 너무나 흉흉해서였다.

마치 북궁혁의 허락만 있다면 당장이라도 혓바닥을 뽑아 버리겠다는 듯이 무시무시한 기세를 흩뿌리는 중년인의 모습에 황보굉은 기가 꺾일 수밖에 없었다.

느껴지는 기세로 보건대 최소 최절정은 되어 보여서였다.

"왜? 내가 북해빙궁 소속이라니까 겁나나?"

"그, 그럴 리가!"

"근데 진호를 대할 때와 태도가 왜 달라졌을까? 석가장보다는 북해빙궁이 더 신경 쓰이나 보지?"

북궁혁이 대놓고 비아냥거렸다.

하지만 그 말에 황보굉은 곧바로 대답하지 못했다.

석가장이 상계에서 어마어마한 영향력을 발휘한다고 하나 황보세가가 감당하지 못할 곳은 아니었다.

그러나 북해빙궁은 달랐다.

북해의 패자이자 맹주가 북해빙궁이었다.

그런 북해빙궁이 달려들면 황보세가도 멸문을 각오해야 했다.

"말이 심하신 거 같소이다!"

"심한 건 너지. 겨우 절정을 갓 밟은 수준으로 진호한테 비무를 신청하다니. 사람이 염치는 있어야 하는 거 아냐? 아, 눈치가 없어서 그런 건가?"

으드득!

황보굉의 얼굴이 시뻘게졌다.

금방이라도 터질 것처럼 붉어졌던 것이다.

하지만 그럼에도 황보굉은 간신히 이성을 유지했다.

자신의 행동이 가문에 해가 될 수도 있기에 악착같이 이성의 끈을 붙잡았다.

"예의를…… 지켜 주셨으면 좋겠소만."

"자신은 예의를 안 지키면서 다른 사람은 예의를 지켜 주기를 바란다니. 너무 이기적인 거 아닌가?"

"이만했으면 좋겠소만. 난 석 소협에게 볼일이 있소이다."

황보굉이 이를 갈며 말을 이었다.

어떻게든 좋게 대화를 마무리 지으려고 했던 것이다.

그러나 그건 황보굉의 생각일 뿐이었다.

"말했을 텐데. 고작 그 실력으로는 비무 신청을 할 자격이 없다고."

"당신이 뭔데 그런 소리를 하는 거요!"

결국 황보굉이 폭발했다.

계속해서 트집을 잡으니 끝내 참지 못한 것이었다.

"친구 자격으로 하는 소리다. 네깟 놈이 진호한테 얼쩡거리는 게 거슬리거든. 주제도 모르고 날뛰는 게 눈꼴시다고나 할까. 그러니 진호하고 붙어 보고 싶으면 나부터 넘어 봐. 그럼 내가 직접 자리를 마련해 주지."

"약속한 것이오!"

武人還生
무인환생

"물론."

쿠우웅!

북궁혁의 대답이 나온 순간 황보굉이 땅을 박찼다.

자신의 경지를 한눈에 알아봤다는 건 최소 자신과 비슷한 수준이라는 뜻이었다.

그렇다면 황보굉은 할 만하다고 생각했다.

북해빙궁의 무공에 대해 잘 모르지만 그건 북궁혁도 마찬가지였다.

"차합!"

호쾌한 기합과 함께 황보굉이 순식간에 간격을 좁혔다.

그러고는 솥뚜껑만 한 주먹을 내질렀다.

황보세가가 자랑하는 절기이자 산동성 최강의 권공이라 할 수 있는 천왕삼권(天王三拳)을 펼친 것이었다.

부우우웅!

이윽고 묵직한 소성과 함께 무지막지한 권압이 북궁혁의 주위를 짓눌렀다.

장대한 체구만큼이나 무거운 권압이 북궁혁을 사정없이 압박했던 것이다.

그러나 그 무시무시한 기세에도 북궁혁은 웃었다.

'웃어?'

황보굉은 처음부터 전력을 다했다.

시종일관 자신을 얕잡아 보는 북궁혁에게 제대로 한 방을 먹이겠다는 생각으로 공력을 모조리 끌어 올렸던 것이다.

그런데 자신의 주먹이 닿기 직전임에도 아무런 반응도 없이 가만히 서서 웃고만 있자 어처구니가 없었다.

동시에 북궁혁의 허장성세에 당했다는 생각이 들었다.

'우선 나불거리던 주둥이부터 찢어 주마!'

황보꾕이 입술을 비틀었다.

안 그래도 거슬리게 지껄이던 주둥이가 마음에 안 들던 차였다.

그런데 곧바로 기회가 오자 황보꾕은 입꼬리를 말아 올리며 오른팔에 더더욱 힘을 실었다.

일단은 시원스럽게 입술을 터트릴 생각이었다.

"이렇게 무뎌서야."

"어?"

황보꾕의 두 눈이 화등잔만 하게 커졌다.

그의 주먹이 갑자기 이상한 곳으로 나아가서였다.

가만히 서 있는 북궁혁을 지나 애꿎은 허공을 강타하는 자신의 주먹에 황보꾕이 귀신에 홀린 듯한 표정을 지었다.

이게 무슨 일인가 싶었던 것이다.

투욱.

하지만 북궁혁은 황보꾕이 그러거나 말거나 느릿하게 팔을 뻗었다.

얼굴을 스쳐 지나간 황보꾕의 팔을 붙잡은 그는 그대로 위

무인환생

로 들어 올렸다.

그러자 너무나 쉽게 황보굉이 들어 올려졌다.

자신보다 배는 족히 큰 체구를 가진 황보굉을 마치 공깃돌 들듯이 들었던 것이다.

콰앙!

그러고는 그대로 바닥에 내리찍었다.

별다른 초식 없이, 말 그대로 단순하게 내려찍은 것뿐인데 황보굉은 꼼짝도 하지 못했다.

등짝에서 시작된 고통이 그를 반항하지 못하게 만들었던 것이다.

쾅! 콰앙!

비명도 지르지 못하는 황보굉을 북궁혁은 마치 장난감처럼 들었다가 내려찍기를 반복했다.

앞뒤를 고르게 때리겠다는 듯이 좌우로 쉴 새 없이 내려찍었던 것이다.

"그, 그만하시지요! 승부는 나지 않았습니까?"

"무슨 승부? 아직 기절하지도 않았는데."

처참하게 박살 나는 황보굉의 모습에, 심지어 반항조차 하지 못하는 모습에 서문추가 다급하게 소리쳤다.

하지만 그의 말에 북궁혁은 씨익 웃었다.

너무나 섬뜩하게 느껴지는 미소를 말이다.

"예?"

"아직 정신이 멀쩡하다고. 말도 할 수 있고."

"하앙……!"

잠깐의 여유가 생겨서일까.

황보굉이 다급하게 입을 열었다.

그러나 그의 말보다 북궁혁의 손이 더 빨랐다.

말이 채 이어지기도 전에 북궁혁이 다시 땅에 메다꽂았던 것이다.

"그러니 입 다물고 있어. 방해하지 말고."

히끅!

무심하지만 그렇기에 더욱 섬뜩하게 느껴지는 북궁혁의 눈빛에 서문추가 딸꾹질을 했다.

눈이 마주친 순간 호흡은 물론이고 심장이 멈추는 것 같은 느낌이 들어서였다.

그래서 그는 감히 북궁혁을 쳐다보지 못했다.

콰아앙! 쾅!

눈빛으로 서문추를 제압한 북궁혁은 하던 일을 계속했다.

정신을 잃지 않는 선에서 최대한 고통을 주었던 것이다.

황보굉은 어떻게든 항복을 말하려고 했지만 북궁혁은 그럴 틈을 주지 않았다.

"허어……."

"저 정도나 차이 난단 말인가?"

아무것도 하지 못한 채 두들겨 맞는 황보굉의 모습에 후기

무인환생

지수들이 수군거렸다.

육룡에 비할 바는 아니라고 하나 황보굉 역시 후기지수 중에서는 손꼽히는 무인이었다.

그런 황보굉이 단 일 수 만에 제압된 모습에 후기지수들은 믿을 수 없다는 표정을 지었다.

"크르르르……"

그러는 사이 황보굉이 입에 게거품을 물고서 땅바닥에 대(大)자로 뻗었다.

끝내 충격을 견디지 못하고 기절한 것이었다.

"다음은 너냐?"

"예?"

"이놈을 부추긴 게 너잖아?"

"아, 아닙니다! 전 그저 대화를 나눈 것뿐입니다!"

북궁혁의 말에 서문추가 화들짝 놀라며 양팔을 휘저었다.

하지만 그 말에도 북궁혁은 그를 지그시 쳐다봤다.

마치 황보굉과 나눈 대화에 대해서 알고 있다는 듯이 말이다.

"그럼 너?"

"저, 저는 괜찮습니다!"

언무결이 황급히 고개를 저었다.

그보다 고수인 황보굉이 저 모양 저 꼴이 된 걸 본 마당에 나설 생각은 없었다.

나가 봤자 망신만 당할 게 뻔하기에 언무결은 아예 시선을 피했다.

"그럼 내가 나서겠소!"

그때 한 명의 청년이 호기롭게 나섰다.

위지세가의 소가주였는데, 그는 황보굉이 무기력하게 쓰러진 걸 두 눈으로 똑똑히 봤음에도 되레 호승심을 불태우며 북궁혁의 앞에 섰다.

하지만 결과는 황보굉과 크게 다르지 않았다.

황보굉처럼 처참하게 발리지 않았을 뿐 그 역시 별다른 공격을 해 보지 못한 채 쓰러졌다.

"실력이 대단하네."

"대단하시죠. 북해빙궁의 소궁주이시니까요."

"진짜?"

오랜만에 만난 팽나연의 곁에 서 있던 백매화(白梅花) 유설혜가 눈을 동그랗게 떴다.

설마하니 소궁주일 거라고는 생각하지 못해서였다.

"예."

"근데 중원에는 어쩐 일이래?"

"강호 유람차 나왔다고 들었어요. 그러다가 석 공자님의 소문을 듣고 찾아온 거고요."

"그러다가 친구가 됐고?"

"예."

유설혜의 시선이 다시 북궁혁에게로 향했다.

그새 한 명을 쓰러뜨렸는지 새로운 청년이 북궁혁의 앞에 서 있었다.

하지만 그 후기지수 역시 단 일 수에 제압되어서는 바닥을 나뒹굴었다.

"신기하네. 성격을 보면 친해지기가 쉽지 않을 것 같은데."

"비무 한 번에 친해졌어요. 먼저 친구 하자고 한 건 북궁 공자였고요."

"정말?"

"예. 제가 직접 봤어요."

유설혜가 믿기지 않는다는 표정으로 반문했다.

한 성깔 하는 북궁혁이 먼저 친구 하자고 했다는 게 듣고도 믿기지 않았던 것이다.

동시에 그는 한 가지 궁금증이 떠올랐다.

"석 공자랑 비무를 했다고 그랬지? 누가 이겼어?"

"누가 이겼을 것 같아요?"

"……소궁주보다 석 공자가 더 강하다고?"

유설혜가 떨리는 목소리로 물었다.

지금의 상황이, 그리고 앞뒤 정황을 곱씹어 보면 한 가지 결론이 도출되어서였다.

"그러니까 북궁 공자께서 저렇게 나선 것이겠죠?"

“말도 안 돼.”

유설혜가 믿을 수 없다는 표정을 지으며 석진호를 쳐다봤다.

저렇게 무식하게 도전자를 때려잡는 북궁혁보다 더 강하다고 하자 믿기지가 않았던 것이다.

지금 보이는 모습만 봐도 육룡보다 강하면 강했지 약해 보이지는 않는데 말이다.

그런데 그 모습에 팽나연은 마치 자신이 인정받은 것처럼 흐뭇하게 웃었다.

“왜 말이 안 된다고 생각하세요? 세상은 넓어요.”

“틀린 말은 아니지만 난 그것만큼이나 네가 호감을 보이는 남자가 있다는 사실도 놀라워. 평소에 남자를 발뒤꿈치의 때만도 못하게 여기던 게 너였잖아. 황보 공자를 비롯해서 너 좋다고 달려들던 그 우락부락한 남자들을 죄다 퇴짜 놓았으니까.”

“……제 취향이 아니었어요.”

“그렇다고 잘생긴 남자들을 좋아한 건 아니었잖아?”

웬만한 남자들만큼이나 키가 큰 팽나연이었다.

그래서인지 유독 그녀에게는 덩치가 있거나 체구가 큰 이들이 들이댔는데 팽나연은 단 한 번도 그들의 접근을 허락하지 않았다.

그렇다고 선이 부드러운 미남자를 좋아하는 것 같지도 않아 보였기에 유설혜가 고개를 갸웃거렸다.

"제가 취향이 좀 확고해서요."

"딱 석 공자다?"

"네."

"그건 좀 문제의 소지가 있는 발언 같은데요."

두 여인의 귓전으로 서늘한 목소리가 들려왔다.

아무래도 무림오화를 비롯해서 여인들이 모여 있었던 만큼 당하린도 근처에 있었던 것이다.

그런데 조용히 지켜보던 와중에 미리 점찍었다는 듯이 말하는 팽나연의 모습에 당하린이 차가운 얼굴로 입을 열었다.

"소문이 사실이었구나?"

누가 봐도 심상치 않은 둘의 분위기에 유설혜가 장난기 가득한 미소를 지었다.

무거워진 분위기를 풀고자 일부러 장난스럽게 입을 열었던 것이다.

하지만 그녀의 노력에도 둘 사이에 내려앉은 냉랭한 기운은 좀처럼 사라지지 않았다.

"굴뚝에 연기가 괜히 나지 않겠지요."

"어머나."

선전포고를 하듯 당당하게 속마음을 밝히는 당하린의 모습에 유설혜가 손으로 부채질을 했다.

냉랭한 분위기와 달리 두 사람의 눈빛은 뜨겁기 그지없어서였다.

더구나 이 자리에는 그녀들 셋만 있는 게 아니었다.

"확실히 북궁 공자보다 더한 고수라면 하린 언니가 그러는 것도 이해가 가요."

"안 돼. 호기심 갖지 마."

그때 새로운 목소리가 대화에 끼어들었다.

잠자코 남자들의 비무를 지켜보던 혜화(慧花) 제갈희가 두 눈을 반짝이며 세 여인에게 다가갔던 것이다.

그 초롱초롱한 눈으로 느긋하게 뒷짐을 지고 서 있는 석진 호를 바라보는 모습에 당하린은 물론이고 팽나연이 눈매를 좁혔다.

가뜩이나 서로가 만만치 않은데 제갈희까지 참전하면 그 야말로 진흙탕 싸움이 될 게 뻔해서였다.

"왜요? 제가 듣기로는 아직 결정된 게 아무것도 없다고 하던데요?"

"네 가문을 생각해야지. 제갈세가잖아, 제갈세가."

"언니 가문은 사천당가잖아요."

상대적으로 팽나연보다 조리 있게 말을 잘하는 당하린이 나서며 말했다.

하지만 그녀의 말에 제갈희는 넘어가지 않았다.

말이라면 누구 못지않게 잘하는 게 바로 자신이었다.

말싸움에서 져 본 적이 극히 드물기도 했고 말이다.

무인환생

"나는 이유가 있잖아. 분명한 명분이 있다고."

"석 공자님을 진짜 좋아하시나 봐요, 후후!"

"님 자 붙이지 마. 그냥 북궁 공자처럼 공자 두 글자만 붙여."

"이런 언니의 모습은 처음이네요. 사랑에 빠진 여자는 그렇게 되는 건가요?"

앙칼진 암고양이 같은 눈빛으로 자신을 쏘아보는 당하린의 모습에도 제갈희는 웃었다.

애초에 반쯤 농담이었기에 예민한 그녀의 반응에도 제갈희는 웃어 넘겼다.

"언니의 이런 모습은 처음이에요."

"연아도 그렇게 생각하지?"

"정말 깜짝 놀랐다니까요. 물론 나연 언니보다는 아니지만."

무림오화의 막내이자 남궁세가의 금지옥엽인 소화(笑花) 남궁연이 특유의 생글거리는 얼굴로 말했다.

그러자 팽나연의 얼굴이 붉어졌다.

괜히 그녀만 도화(刀花)라는, 꽃과는 전혀 어울리지 않는 별호가 붙은 게 아니었다.

웬만한 남자들보다도 괄괄한 성미를 자랑했기에 도화라는 별호가 생겼고, 그걸 남궁연이 콕 짚어 말한 걸 알기에 팽나연은 눈을 곱게 흘겼다.

"과거 얘기는 하지 말지?"

"역시 여자는 사랑을 하면 여인이 되나 봐요. 예전이었으면 주먹이 날아왔을 텐데."

"그쯤 하지?"

팽나연의 눈매가 더욱 게슴츠레해지자 남궁연이 헤헤 웃으며 안겼다.

특유의 애교로 팽나연을 녹였던 것이다.

"근데 하린 언니는 진짜 환골탈태를 한 거예요? 피부가 엄청 좋아졌는데요?"

"나도 그 말 하고 싶었어. 피부 미인 하면 나인데 지금은 나보다 하린이가 더 좋은 거 같아. 아린이와 비교하면 진짜 티가 나잖아."

"언니!"

남궁연과 유설혜가 당하린의 얼굴이며 몸 곳곳을 만지작거렸다.

달라져도 너무 많이 달라져서였다.

그런데 그 말에 당아린이 빽 소리를 질렀다.

잠자코 있다가 봉변을 당해서였다.

"아, 미안. 나도 모르게 말이 나와 버렸네?"

"일부러 그런 거 다 알고 있거든?"

차분하게 자기 할 말을 다 하는 당하린과 달리 당아린은 직설적이었다.

武人還生
무인환생

그래서 그녀는 방방 뛰었다.

무림오화 중 가장 연장자가 유설혜임에도 말이다.

"일부러라니. 그런 섭섭한 말을. 내가 아린이 널 얼마나 좋아하는데?"

"흥! 편지 하나 안 보냈으면서!"

"그거야 내가 사부님께 붙잡혀 폐관수련을 해서 그렇지. 말 안 했나?"

"응. 지금 말했어."

당아린이 정색하며 대꾸했다.

그러자 유설혜가 바보처럼 웃었다.

"내가 요즘 이래. 나이를 한 살 더 먹어서 그런지 가끔 깜빡깜빡하더라고."

"언니 나이가 좀 많기는 하지."

"그러니까 젊은 네가 이해해. 나 봐. 스물셋이 되니까 피부가 달라졌잖아. 백매화라 불리는 난데 벌써부터 피부가 축 처지는 거 같아."

"그건 아닌 것 같고."

당아린이 단호하게 고개를 저었다.

본인은 달라졌다고 주장하지만 그녀가 보기에는 전혀 아니었다.

여전히 유설혜의 미모는 빛을 발하고 있었다.

그걸 남자들의 시선이 증명하고 있었고 말이다.

"후후! 그렇게 말해 주니 고맙다야."

"남자들의 시선을 본인 스스로가 잘 느끼면서."

"아직 죽기에는 이르지. 나 화산파의 백매화 유설혜야. 아직도 연서가 매일같이 날아든다고."

유설혜가 콧대를 세웠다.

이제 이십 대 중반을 코앞에 두고 있지만 아직 죽지 않았다는 듯이 도도한 표정을 지었다.

"하지만 슬슬 혼인을 생각할 때이기는 하지."

"너까지 그러지 마. 안 그래도 사부님께 질리도록 시달리고 있으니까. 정작 자신은 혼례 안 하시고 혼자 사시면서 왜 나는 그렇게 보내려고 하는지 몰라."

"여인으로서 혼자 살아 봤기에 여러 가지 단점들을 잘 알고 있어서가 아닐까? 자신이 살아 보니 제자는 부부의 연을 맺었으면 싶은 거지."

"그럴 수도 있겠지. 근데 문제는 그걸 왜 나한테 강요하냐는 거지."

유설혜가 툴툴거렸다.

정작 자신은 딱히 혼인에 대해 생각이 없는데 사부가 너무 독촉하는 것 같아서였다.

무림에서 여인의 나이 스물셋은 그리 많은 나이도 아닌데 말이다.

"부모나 사부의 마음이 다 그렇지."

"그걸 그렇게 잘 아는 넌 왜 아직도 가문에서 사고뭉치로 불리는 거야?"

"이제는 아니거든?"

"품 안의 여우도 부모님한테 엄청 졸랐다며?"

이제는 제법 컸음에도 여전히 당아린의 품에 안겨 있는 걸 좋아하는 여우가 귀를 쫑긋거렸다.

눈치껏 자신을 대해 말하는 것임을 알아차린 것이었다.

"본가에도 나쁘지 않은 제안이었어. 난 우리 미호를 영물로 키울 거거든."

"영물? 그게 가능해?"

"안 될 건 뭐야?"

"흐음."

유설혜가 회의적인 표정을 지었다.

그런데 제갈희는 다르게 생각하는지 눈을 빛내며 미호를 쳐다봤다.

"난 나쁘지 않은 시도라고 봐."

"해 보지도 않고 불가능하다고 말하면 안 되지."

"맞아, 맞아."

동갑내기인 제갈희가 고개를 크게 끄덕였다.

안 된다고 미리 단정 짓는 것보다는 일단 해 보는 게 중요했다.

시도조차 안 하면 실패할 확률이 십 할이지만 시도를 하면 그래도 가능성은 있었으니까.

비록 실패할 가능성이 압도적으로 높다 하더라도 그 과정에서 유의미한 것들을 얻을 수 있을 터였다.

"그나저나 너희 둘 다 긴장해야겠다. 여자애들 눈빛이 장난 아닌 거 알지? 정작 죄다 쓰러뜨리는 건 북궁 공자인데 여자애들의 눈빛은 석 공자에게 향해 있어."

유설혜가 은근한 어조로 말했다.

살짝만 둘러봐도 은연중에 석진호를 힐끗거리는 걸 볼 수 있어서였다.

"남자가 미인을 탐하는 것처럼 여자 역시 능력 있는 남자를 좋아하니까요. 어떻게 보면 본능이죠."

"영웅은 호색하다는 걸 말하고 싶은 거야?"

"그 반대예요. 어쩌면 여인들이 영웅을 선택하는 것일 수도 있죠."

"응?"

남궁연의 말에 유설혜가 눈을 동그랗게 떴다.

영웅은 호색이니, 삼처사첩이니라는 말은 많이 들었어도 이런 얘기는 처음이어서였다.

그런데 의외로 남궁연의 말에 동조하는 이가 세 명이나 있었다.

팽나연을 위시로 제갈희와 당하린이 말없이 고개를 주억거렸던 것이다.

武人還生
무인환생

"맞아. 미리 콱 물어 버린 걸 수도 있지."

"혼자 다 먹고 싶었지만 그게 안 돼서 울며 겨자 먹기로 다른 여인들을 받아들인 걸 수도 있고."

당하린과 제갈희가 서로를 쳐다보며 피식 웃었다.

영웅은 한 명이고 그를 차지하고 싶은 여인들은 여러 명이니 어쩔 수 없이 삼처사첩이 될 수밖에 없었을 거라고 생각했던 것이다.

"근데 무관주님이 영웅은 아니지. 냉정하게 말해서."

"실력은 대단하잖아? 무림에서는 실력보다 중요한 게 없지."

"대신 배경이 좀 약하잖아."

"그거야 우리한테나 해당되는 거고. 군소 방파나 세가 약해진 명문 세가 입장에서는 다르지. 그들에게는 석 공자가 너무나 매력적인 패지."

당아린의 냉정한 평가에도 불구하고 유설혜는 고개를 저었다.

구대문파나 오대세가의 입장에서야 석진호의 배경이 조금 아쉽겠지만 다른 곳은 아니었다.

더욱이 석가장은 중원 상계의 거두였다.

단지 무가 출신이 아닐 뿐 석진호도 충분히 명문가 출신이라고 할 수 있었다.

"굳이 거론하지 마요. 이미 충분히 알고 있으니까."

"그만 말해요."

당하린과 팽나연이 동시에 압박했다.

굳이 입 밖에 꺼내 강조할 필요는 없다고 생각해서였다.

더구나 하나같이 한 미모 하는 이들이 모여 있는 이곳에는 더더욱 말이다.

"걱정하지 마. 난 아니니까."

"언니만 아니라고 하지. 다른 애들은 대답도 안 하잖아요."

"응?"

당당히 아니라고 대답했던 유설혜가 두 눈을 끔뻑거리며 주변을 둘러봤다.

그런데 당하린의 말마따나 제갈희나 남궁연은 부정을 하지 않았다. 오히려 호기심 가득한 표정으로 석진호를 힐끔거리고 있었다.

무림오화 중 유일하게 빙화(氷花) 백리선만이 무심하게 서 있을 뿐.

'그렇다고 안심할 수는 없지.'

빙화라 불릴 만큼 표정 변화가 극히 적은 사람이 백리선이었다.

그리고 그 말은 달리 말하면 속내를 알기가 쉽지 않다는 뜻이었다.

때문에 당하린이 입술을 깨물었다.

자신도 어디 가서 미모로 꿀릴 외모가 아니었지만 여기는

무인환생

달랐다.

하나같이 천하절색이라는 말이 절로 나올 정도의 미녀가 죄다 모여 있었기에 당하린은 걱정이 되었다.

석진호가 미모에 휘둘리는 성격이 아니란 걸 알지만 그래도 혹시 몰라서였다.

꽈아아앙!

그때 정신이 번쩍 드는 굉음이 들려왔다.

동시에 지축을 뒤흔드는 진동에 당하린이 반사적으로 고개를 돌렸다.

덜덜덜……!

남궁수가 허망한 눈으로 자신의 팔을 내려다봤다.

정확하게는 충격을 감당하지 못해 덜덜 떨리는 오른손을 말이다.

가까스로 검을 놓치지는 않았으나 남궁수는 알고 있었다.

더 이상의 비무는 불가능하다는 점을 말이다.

'하늘 밖에 하늘이 있다더니…….'

남궁수의 입가에 쓴웃음이 맺혔다.

사실 나서기까지 그는 고민을 많이 했었다.

북궁혁은 이미 네 명을 쓰러뜨린 뒤였기에 이기더라도 좋은 말이 나오지 않을 것 같아서였다.

하지만 그게 착각임을 남궁수는 첫수를 교환하며 깨달았

다.

'아버지가 이런 심정이었으려나.'

쌍존(雙尊)이라 불리는 두 명을 넘기 위해 매일같이 처절한 수련을 하고 있음을 잘 알고 있는 그였다.

그러면서 늘 자신에게 했던 말이 천외천이라는 세 글자였다.

하늘 밖에는 또 다른 하늘이 있으며 무의 길에는 끝이 없다고 했다.

그 말을 남궁수는 나름 잘 받아들였다고 생각했었다.

'하지만 그건 착각이었지.'

북궁혁에게 처참하게 깨지면서 남궁수는 깨달았다.

후기지수들 중에 최고라고, 육룡 중에서 최강이라는 말에 자신이 얼마나 해이해져 있었는지를 말이다.

천하제일인도 아니고 고작해야 후기지수들 중에서 최고라는 말에 빠져 거들먹거리던 지난날이 떠오르자 남궁수는 고개를 들 수 없었다.

"더 하시겠소?"

"아닙니다. 제가 졌습니다."

여전히 부르르 떨리는 오른팔을 왼손으로 부여잡으며 남궁수가 고개를 저었다.

여기서 욕심을 부리면 다음에 대화를 나눌 땐 땅바닥에 엎어져 있을 것임을 잘 알아서였다.

武人還生
무인환생

그 유명한 범려도 말하지 않았던가.

사람은 물러날 때를 알아야 한다고 말이다.

"고생하셨소이다."

"수고하셨습니다. 그런데 한 가지 물어봐도 됩니까?"

"무엇을 말이오?"

"정말 석 소협이 더 강한 겁니까?"

머뭇거리던 남궁수가 끝내 질문했다.

지금이 아니면 언제 또 물어볼 기회가 생길지 장담할 수 없어서였다.

북궁혁과 겨루었기에 남궁수는 누구보다 그의 실력에 대해서 잘 알았다.

한데 그런 북궁혁보다 석진호가 더 강하다고 하자 남궁수는 순순히 믿기가 힘들었다.

"훨씬 더 강하오."

"……예?"

"비교하기가 부끄러울 정도로 말이오."

"무슨 말도 안 되는……."

남궁수의 동공이 격렬하게 흔들렸다.

육룡 중 은연중에 최강자로 인정받은 이가 그였다.

하지만 그런 그조차 북궁혁에게는 아무것도 하지 못했다.

말 그대로 두들겨 맞다가 끝났는데 그런 북궁혁이 비교조차 하기 힘들 정도라고 말하자 남궁수는 말문이 막혔다.

"어쩌면 내가 나선 게 남궁 소협에게는 더 나은 걸 수도 있소."

"……."

남궁수의 눈매가 파르르 떨렸다.

믿기지도 않았고 믿고 싶지도 않았지만, 농담으로 치부하기에는 북궁혁의 목소리와 표정이 너무 진지했다.

"뭐, 받아들이기 쉽지 않겠지만. 사람이 원래 겪어 보기 전에는 인정하지 않으려는 습성이 있지 않소."

"쓸데없는 말은 그만하고."

"왜 나왔어?"

"교대하려고. 이제 슬슬 지쳐 보이는 거 같아서."

"지치기는 무슨! 나 아직 팔팔해!"

다가온 모용천을 향해 북궁혁이 팔을 크게 흔들었다.

공력과 체력이 꽤 소모된 건 맞지만 그렇다고 지치거나 힘든 건 아니었다.

아직 몇 명은 더 상대할 수 있기에 북궁혁은 호기롭게 소리쳤다.

"굳이 무리할 필요 있어? 그리고 나도 재미를 봐야지."

"흐음."

뒷말은 작게 말했기에 오직 북궁혁에게만 들렸다.

그리고 그 말에 북궁혁은 짐짓 고개를 끄덕였다.

모용천의 마음도 이해는 갔던 것이다.

언제 또 육룡과 비무를 할 수 있을까.

"잠깐 쉬고 있어."

"알았다."

육룡 중 최강이라 불리는 검룡(劍龍) 남궁수와 대련하는 자신을 보며 모용천의 몸이 들썩였을 것을 충분히 짐작할 수 있었기에 북궁혁은 순순히 석진호에게로 돌아갔다.

"어땠어?"

"너? 아니면 검룡?"

"둘 다."

소림사 방장의 사형이자 강호에서는 소림권존(少林拳尊)이라 불리는 이를 사부로 둔 철룡(鐵龍) 각원과 통성명을 하고 있는 모용천을 주시하던 석진호가 턱을 쓰다듬었다.

나름 생각을 정리하는 것이었다.

"둘 다 나쁘지 않았어."

"뭐야, 그게? 너 보기는 봤어?"

"대충?"

"허!"

북궁혁이 기가 막히다는 표정을 지었다.

친구를 위해 자신이 나서 줬건만 너무 무관심한 것 같아서였다.

"네가 이기는 거야 당연했고, 검룡은 글쎄."

"별로였구만?"

"생각했던 것 정도였어."

"하긴. 네 눈이 오죽 높아야지. 우리 둘로도 만족하지 못하는데."

터어어엉!

두 사람이 대화하는 사이 비무는 시작되었다.

그런데 예상 밖의 광경이어서 그런지 여기저기에서 탄성이 터져 나왔다.

철룡이라 부를 만큼 내외공의 조화가 잘 이루어진 무인이 각원이었다.

한데 그 각원의 맹공을 모용천은 너무나 쉽게 막아 내고 있었다.

퍼엉! 펑!

소림사 특유의 강격이 연이어 펼쳐졌으나 모용천은 특유의 기교로 각원의 공격을 무력화시켰다.

완벽에 가까운 방어로 각원의 권격과 장격을 흘려 내거나 회피해 냈던 것이다.

"오오오!"

무인환생

제46장 용(龍)은 용(龍)일 뿐

그 광경에 연무장 한쪽 구석에 옹기종기 모여 있던 관도들이 탄성을 내질렀다.

강호를 진동시키는 육룡오화가 승천무관을 찾아온 것만해도 놀라운데 이렇게 직접 비무하는 광경을 보게 되자 다들 하나같이 눈을 떼지 못했다.

이런 기회가 흔치 않다는 걸 너무나 잘 알기에 어떻게든 하나라도 더 머릿속에 담아 두려고 했던 것이다.

하지만 워낙에 상승 절학들이 난무하고 있었기에 실질적으로 관도들이 볼 수 있는 건 한정적이었다.

"사실 진짜 눈이 가는 건 다른 쪽이지."

"진짜 입관하길 잘했어. 무림오화를 내 눈으로 직접 보게 될 줄이야……."

"오히려 소문이 모자란 것이었어. 저런 미모가 세상에 존재하다니……."

"그러니까."

몇몇 관도들이 여인들에게서 눈을 떼지 못했다.

다시 또 무림오화를 볼 수 있을 거라 장담할 수 없었기에 그들은 헤벌쭉 웃으며 연신 힐끔거렸다.

머릿속에 각인시키기라도 하겠다는 듯이 말이다.

꿀꺽!

반면에 정마룡과 탁윤은 눈도 한번 깜빡이지 않고 집중했다.

둘보다 훨씬 더 높은 경지에 있는 만큼 사실 보이는 것보다 보이지 않는 게 더 많았다.

하지만 그럼에도 둘은 두 눈을 부릅떴다.

어떻게든 머릿속에 담아 두면 나중에 복기할 때 도움이 될 거라고 생각해서였다.

"크흑!"

한편 호기롭게 나섰던 각원은 신음을 흘렸다.

마른 체격과 달리 그의 육신은 강철과 비견될 정도로 단단했다.

내공 수련만큼이나 외공 수련을 소홀히 하지 않아서였다.

하지만 지금 그는 금방이라도 쓰러질 것처럼 비틀거렸다.

'명문은 명문이란 말인가……!'

처음 인사를 나눌 때 모용천이라는 이름을 듣고 각원은 놀랐다.

몰락해서 사라진 가문의 후예가 다시 나타났다고 하자 기쁨 반 놀람 반의 심정이었던 것이다.

그리고 궁금하기도 했다.

사라진 모용세가의 검법이 어떨지 말이다.

'대체 무슨 방법을 썼기에!'

그러나 지금은 호기심 대신 경악만이 남아 있었다.

북궁혁도 말도 안 되게 강했지만 지금 눈앞에 있는 모용천도 만만치 않았다.

퍼엉!

특히나 예리하게 파고드는 반격은 그의 간담을 서늘하게 만들었다.

절묘한 순간에 짓쳐 들었기에 기함을 토한 적이 한두 번이 아니었다.

게다가 이화접목의 무리를 너무나 자연스럽게 사용했기에 각원은 시간이 갈수록 수세에 몰렸다.

"큭!"

하지만 모용천은 자신의 진짜 장기를 사용하지도 않은 상태였다.

그걸 사용했다면 보다 빨리 승부를 결정지었겠지만 모용

천은 그러지 않았다.

애초에 승천무관을 찾아온 이유가 비무행을 위해서였다.

그렇기에 모용천은 각원을 통해 소림 무공의 진수를 온전히 느꼈다.

"아미타불! 소승이 졌습니다."

"수고하셨습니다."

결국 각원은 패배를 시인했다.

더 해 봤자 결과가 달라질 것 같지 않아서였다.

"오래지 않아 모용세가의 이름이 다시 들릴 것 같습니다."

"꼭 그렇게 만들고 싶습니다."

"소승이 보기에는 그리될 것 같습니다."

"좋은 말씀 감사합니다."

각원이 패배했지만 의외로 후기지수들의 놀람은 크지 않았다. 이미 북궁혁의 손에 많은 후기지수들이 깨지기도 했고, 그중에 검룡 남궁수가 있었기에 다들 놀라기는 해도 처음처럼 격렬한 반응은 보이지 않았다.

대신 중간중간 석진호를 쳐다보는 이들이 점차 늘어났다.

최고의 후기지수라 불리던 남궁수를 압도한 북궁혁이 자신보다 더 강하다고 하자 석진호의 실력이 궁금해졌던 것이다.

"원시천존. 체력이 괜찮으시다면 저도 한 수 가르침을 받고 싶습니다만."

"그러지요."

"감사합니다."

각원이 물러나고 무당의 청룡(淸龍)이 다가왔다.

남궁수와 함께 육룡의 수좌를 노리는 그가 기다렸다는 듯이 도전해 왔던 것이다.

그러나 모용천은 웃었다.

지치긴 했으나 아직은 여유가 있었다.

'진호나 혁이에 비하면.'

무당의 청룡은 강했다.

하지만 석진호와 북궁혁과 비교하면 손색이 있었다.

그리고 모용천은 문득 이런 생각이 들었다.

만약 자신이 소림사나 무당파에 비무첩을 보냈다면 어떻게 되었을까 하는.

'철룡과 청룡은커녕 문전 박대당했겠지. 아니면 아예 비무첩이 무시당했거나.'

냉정하게 말해 현재 자신은 강호 초출에 무명소졸이었다.

그건 북궁혁 역시 마찬가지였지만 그는 북해빙궁이라는 거대한 세력의 소궁주였다.

반면에 자신은 몰락한 명가의 후예.

결과는 굳이 생각하지 않아도 뻔했다.

'그렇기에 더더욱 이 기회를 놓칠 수 없지.'

모용천의 목표는 가문의 재건이었다.

그 목표를 이루기 위해서는 우선 강해져야 했다.

약한 가주가 강력한 가문을 일구는 건 불가능했다.

그렇기에 모용천은 천하를 진동시킬 정도로 강해져야 했다.

'별호가 중요한 게 아냐. 진짜 실력이 중요한 거지.'

세상 사람들은 늘 후기지수를 얘기할 때 가장 먼저 육룡을 거론했다.

그다음에는 구파일방, 오대세가의 무인들을 얘기했고.

하지만 지금은 달랐다.

그 어떤 후기지수보다 석진호를 앞에 두었다.

'나 역시 그렇게 만들겠어.'

무당파의 상징이나 마찬가지인 송문고검을 유려하게 흘려내며 모용천이 두 눈을 형형하게 빛났다.

예전이었다면 철룡을 쓰러뜨리고 무당파의 청룡을 상대했다는 사실에 기뻐했겠지만 지금은 아니었다.

모용천의 시선은 육룡이 아닌 그 너머를 향했다.

친구이자 경쟁자인 석진호가 서 있는 곳에 말이다.

'기다려. 곧 따라잡아 줄 테니까.'

이른 아침부터 승천무관의 정문으로 일단의 무리가 찾아

왔다.

바로 어제 기별도 없이 갑작스레 방문했던 용봉회의 사람들이었다.

팽무건, 팽무곤 형제와 당무린은 승천무관에 머물렀지만 나머지는 그러지 못했다.

아무래도 객실이 여유롭지 못하다 보니 머무를 수 있는 인원도 한정적이었던 것이다.

"거의 전부 다 왔네요."

"어제 망신당했던 이들 빼고는."

이른 시간임에도 완벽하게 치장을 마친 여인들의 모습에 남궁연이 실소를 흘렸다.

저 모습을 완성하기 위해 꼭두새벽부터 준비했었을 게 눈에 훤해서였다.

"자존심이 한창 중요할 때잖아요."

"쯧쯧! 자존심이 밥 먹여 주는 것도 아닌데. 시야가 참 좁아. 강자와 친분을 맺어 둬서 나쁠 건 없는데."

"그것보다는 자신의 자존심이 더 중요하겠죠. 석 공자님과 친해지고 싶지 않은 이유도 있을 테고."

제갈희가 싱긋 웃었다.

역시 용봉회는 구경하는 재미가 쏠쏠해서였다.

가문에 있을 때와는 비교도 안 되는 역동적인 광경에 제갈희는 역시 참석하길 잘했다는 생각을 했다.

"희아 너는 친해지고 싶은 쪽이지?"

"언니 말대로 교분을 나눠서 나쁠 건 없잖아요?"

"다른 속내가 있는 건 아니고?"

"글쎄요."

제갈희가 유설혜를 쳐다보며 의미심장하게 웃었다.

긍정도 부정도 아닌 애매모호한 대답만 내놓고서 말이다.

"언니 그러다가 큰일 나요. 어제 나연 언니랑 하린 언니 표정 못 봤어요?"

"내가 뭐 반했다고 했니? 그냥 농담한 거지. 그리고 두 사람이 침 발라 놓은 건 맞지만 아직 결정된 건 아무것도 없잖아? 어제 보니까 애태우는 건 두 사람이더만."

남궁연을 향해 제갈희가 검지를 휘휘 흔들었다.

둘의 특별한 인연을 모르는 건 아니지만 아직 결정된 것은 없었다.

적어도 그녀가 보기에는 말이다.

그리고 석진호도 딱히 팽나연이나 당하린에게 관심이 없어 보였다.

"싸움 나면 이길 자신 있어요? 저는 없어요."

"왜 싸워. 도망쳐야지. 나도 두 사람은 자신 없어. 머리싸움이라면 모를까 난 육체파는 아니니까. 근데 싸울 이유가 없지. 결정권은 석 공자님이 가지고 계신데."

"농담은 그만해. 지금 네 말 들으면 두 사람 경기 일으킨

무인환생

다."

"흐음, 반은 진담이기도 한데."

만류하는 유설혜를 향해 제갈희가 혀를 쏙 내밀었다.

하지만 유설혜는 그 모습에도 피식 웃었다.

제갈희가 이렇게 장난치는 게 하루 이틀이 아니어서였다.

"흰소리는 그만하고. 그나저나 부럽다. 나도 여기서 머물렀으면 이렇게 아침 일찍 나오지 않았어도 될 텐데."

"저희 오빠도 칼같이 거절당했잖아요. 어디를 가도 대우받는 게 저희 오빠인데."

"크흠!"

여동생의 말에 조용히 걸음을 옮기고 있던 남궁수가 헛기침을 했다.

안 그래도 어제 그렇게 딱 잘라서 안 된다고 했던 말에 충격을 받았던 그였다.

어딜 가도 대우해 주면 주었지 그렇게 대놓고 거절한 곳은 없었으니까.

"그건 나도 마찬가지거든? 오라고 한 곳은 수두룩해도 나가라고 한 곳은 없었는데."

"에이, 딱 봐도 빈방이 없어 보이잖아요. 그리고 좁게 자는 것보다는 각자 넓게 방을 쓰는 게 좋죠. 황화현이 큰 도시는 아니지만 그래도 객잔도 많이 있는 마을이고."

제갈희가 유설혜를 다독였다.

기분이 언짢을 수도 있는 사안이었지만 연통도 없이 무작정 찾아온 건 그들이었다.

때문에 따질 자격은 없었다.

따진다고 해서 석진호가 순순히 그걸 받아 줄 것 같지도 않았고.

'되게 까칠하고 단호한 성격이라고 하니까.'

성년이 되자마자 천대받았던 집에서 뛰쳐나온 일화는 이미 유명했다.

그리고 석가장주와 태상장주가 땅을 치고 후회했다는 소문도 유명했고.

"다른 대도시에 비하면 그래도 손색이 있지. 머물기에 나쁘지 않다 정도이지 좋은 건 아니니까."

"다들 오늘은 성공할 수 있을까요? 남자들은 죄다 목표가 한 가지던데."

"난 실패한다에 한 표."

유설혜가 고민하지 않고 말했다.

어제 석진호의 모습을 보니 딱히 오늘이라고 해서 달라질 것 같지 않아서였다.

하지만 제갈희는 생각은 달랐다.

"에이, 그래도 어제 하루 같이 있었는데. 한두 번은 해 주지 않을까요. 역지사지로 생각해 보자고요. 석 공자님도 궁금하지 않겠어요, 육룡의 무공이?"

무인환생

"글쎄다. 어제 다 봐서 흥미를 잃지 않았을까?"

"보는 거랑 직접 부딪치는 거랑은 다르죠."

"그럼 나랑 어울려 줬으면 좋겠다. 화산파의 무공은 못 봤을 테니까."

유설혜가 눈을 반짝였다.

궁금증이 있다면 아무래도 육룡의 다섯 명보다는 자신에게 더 있지 않을까 싶어서였다.

미모로 더 유명해져서 그렇지 그녀 역시 화산파가 자랑하는 매화검수의 일인이었다.

무공도 어디 가서 뒤떨어지는 편이 아니기에 유설혜는 살짝 기대했다.

"어제도 수준 차이 난다고 북궁 공자가 나섰다고 했는데, 가능할까요?"

"이게!"

명치를 때리는 제갈희의 말에 유설혜가 도끼눈을 떴다.

하지만 그 매서운 눈빛에도 제갈희는 생글거렸다.

"그래도 저는 언니 편인 거 알죠?"

"말이나 못하면."

"제 특기가 말이잖아요. 머리랑."

"여우 짓도 추가해야지."

유설혜가 결국 피식 웃었다.

그러면서 그녀는 조용히 따라오고 있는 백리선을 쳐다봤

다.

어제의 모습만 보면 숙소에 남아 있을 것 같았는데 의외로 백리선은 승천무관을 찾았다.

여전히 말없이 조용한 모습으로 말이다.

석진호는 조용히 찻잔을 들어 올렸다.

그러면서 그는 왜 자신이 여기에 있어야 하는지에 대해서 곰곰이 생각했다.

"참석 안 할 거야?"

"오빠들이 참석하는데 나까지 참석해야 할 필요가 있을까?"

"아버지께서는 우리 셋 다 참석하기를 바라셔."

"그렇다고 해서 꼭 내가 참석해야 할 이유는 없지."

팽나연이 팔짱을 꼈다.

폐관수련으로 인해 이미 부친과는 사이가 살짝 틀어진 상태였다.

물론 언제까지나 그럴 수는 없겠지만 적어도 순순히 따를 생각은 없었다.

"잠깐 바깥바람 쐬고 온다고 생각해도 되잖아? 안휘성의 남궁세가가 사천당가처럼 먼 곳에 있는 것도 아니고."

"굳이 갈 이유가 없잖아. 어차피 아는 사람들만 올 텐데."

시큰둥한 얼굴로 팽나연이 말했다.

무인환생

매년 열리는 게 용봉지회였지만 새로운 얼굴은 별로 없었다.

물론 아예 없는 건 아니었지만 참석할 때마다 그녀의 주위에 있는 사람들은 비슷했다.

더구나 어제 거의 다 만나기도 했고 말이다.

"내년 용봉지회가 본가에서 열리는 건 알고 있지?"

"그래?"

"……지난번에도 말했던 걸로 기억하는데."

"폐관수련 들어가기 전 아니었나? 그때면 한참 전이지."

팽무건이 나지막하게 한숨을 내쉬었다.

역시나 예상했던 대로 여동생을 설득하기가 쉽지 않아서였다.

그래서 그는 도와 달라는 듯이 남동생을 쳐다봤으나 팽무곤은 어깨를 으쓱거렸다.

그가 안 되는데 자신이 나선다고 해서 될 것 같지 않아서였다.

"너희도 안 갈 거야?"

"내가 있을 곳은 여기야."

"난 가고 싶은데……."

미호를 무릎에 올려놓은 채로 당아린이 당무린과 당하린의 눈치를 살폈다.

매일 똑같은 풍경에 똑같은 일과가 이어지는 승천무관보

다는 아무래도 남궁세가가 훨씬 재미있을 게 분명했다.

더욱이 용봉지회인 만큼 중원 각지에서 난다 긴다 하는 후기지수들이 죄다 모일 것이기에 구경하는 재미도 쏠쏠할 터였다.

물론 그녀의 배경과 미모에 빠져 치근덕거리는 이들도 있겠지만 그 정도는 충분히 감당할 자신이 있었다.

"그럼 아린이 너는 가. 남궁세가 들렀다가 본가로 가면 더 좋고."

"이참에 날 쫓아내겠다는 거야?"

"쫓아내는 게 아니라 이제는 가도 괜찮다는 거지."

"미호 때문에라도 난 못 가!"

당아린이 미호를 껴안았다.

아직 영성이 트이지도 않았는데 이대로 본가에 갈 수는 없었다.

가더라도 미호가 영물이 되면 갈 생각이었다.

"널 누가 말리니."

"나도 잠깐 바람 쐴 겸 남궁세가에 다녀오는 건 나쁘지 않다고 생각해."

"오빠랑 아린이가 가는데 나까지 갈 필요가 있을까?"

당하린이 고개를 저었다.

둘 다 못 가는 상황이라면 가문을 대표해서 자신이라도 가는 게 맞았다.

武人還生
무인환생

하지만 그런 상황이 아니었기에 당하린은 꼭 자신이 갈 필요는 없다고 생각했다.

석진호와 팽나연만 남겨 두고 싶지도 않았고.

"참, 석 관주도 이번 용봉지회에 참석하는 게 어떻습니까?"

스윽!

당하린과 팽나연의 고개가 동시에 석진호에게로 향했다.

팽무건의 말에 반사적으로 반응했던 것이다.

"저 말입니까?"

"예. 석 관주도 후기지수이지 않습니까. 자격이야 두말할 필요도 없으시고."

"저는 초대장을 받지 못했습니다만."

"초대장이라는 게 형식적인 거라 꼭 필요한 건 아닙니다. 더구나 저희와 함께 간다면 간단하게 해결되는 일이기도 하고요."

팽무건이 걱정거리도 안 된다는 듯이 대답했다.

자신들과 함께라면 굳이 초대장이 필요하지 않아서였다.

남궁세가 역시 천하의 천룡검이 왔다는데 문전 박대하지 않을 테고 말이다.

게다가 이곳에는 남궁세가의 소가주인 남궁수도 있었다.

"마음만 감사히 받겠습니다."

"역시 그런가요."

팽무건이 얼굴 가득 아쉬운 표정을 지었다.

석진호가 간다고 하면 여동생과 당하린도 자연스레 따라나섰을 거였기 때문이다.

하지만 애초에 크게 기대하지는 않았었다.

번잡한 걸 싫어하는 석진호의 성향은 어느 정도 파악이 된 상태였으니까.

"아쉽네요. 다 함께 갔으면 좋았을 텐데."

당하린도 아쉬운 기색을 내비쳤다.

그녀 역시 내심 다 같이 가길 기대했었기에 입맛을 다셨다.

"관도들을 받은 지가 얼마 안 되어서요. 자리를 비우기가 애매합니다."

사실은 질리도록 구경했던 곳이 남궁세가였다.

금지(禁地)를 제외하면 웬만한 곳은 다 가 봤기에 색다를 것도 없었다.

가 봤자 질리도록 시달리기만 할 게 뻔했고.

어제도 북궁혁과 모용천이 나서 주지 않았다면 매우 귀찮았을 터였다.

'일일이 거절하는 것도 일이지.'

매달린다고 장단에 맞춰 줄 생각은 눈곱만큼도 없었다.

대외적으로 대단한 가문과 문파의 후기지수인 건 사실이었지만 석진호의 시선에는 애송이들이나 마찬가지였다.

무인환생

뭐가 예쁘다고 어울려 주고 시간을 내줄까.

차라리 그 시간에 탁윤이나 정마룡, 채소강이나 신입 관도들을 살펴보는 게 훨씬 더 나았다.

"이해합니다."

현 승천무관의 사정을 꽤나 자세히 알고 있기에 당무린은 고개를 주억거렸다.

하지만 얼굴에는 여전히 아쉬움이 남아 있었다.

이왕이면 같이 갔으면 싶어서였다.

겸사겸사 여동생도 좀 도와주고 말이다.

'팽 가주는 탐탁지 않아 한다고 들었는데 말이지.'

아직도 석진호의 가치를 제대로 보지 못하는 건지, 아니면 따로 생각해 놓은 혼처가 있는 건지 하북팽가주는 팽나연과 대립각을 세우고 있었다.

둘 다 가문 특유의 똥고집을 보여 주고 있었던 것이다.

반면에 팽무건, 팽무곤 형제는 팽나연 편이라고 들었다.

부친이 제대로 보지 못한 걸 두 형제는 정확히 보고 있었다.

'나야 팽 가주가 고집을 부릴수록, 뜻을 꺾지 않을수록 좋지만.'

가뜩이나 어제 이후로 경쟁자가 더 늘어난 것 같았기에 당무린은 조급했다.

북궁혁과 모용천이 신성처럼 떠오르기는 했으나 둘에 비

하면 당연히 석진호가 나왔다.

북해빙궁은 너무 멀리 있었고, 모용세가는 이제 막 기지개를 켜는 단계였으니까.

하지만 석진호에게는 석가장과 석풍표국이 있었다.

'석가장과는 관계가 썩 좋지 않다고 하지만, 두 곳 중 칼자루를 쥔 곳은 승천무관이지.'

전쟁이 날 리는 없겠지만 만약 전쟁이 난다면 석가장이 이길 것은 자명했다.

하지만 승천무관이, 정확하게는 석진호가 순순히 패배할 거라는 생각은 들지 않았다.

더욱이 석가장주가 그걸 원하지 않을 테고.

그렇다면 칼자루는 석진호가 쥘 수밖에 없었다.

아쉬운 쪽이 을의 입장이 될 수밖에 없는 게 현실이니까.

그리고 가진 게 많을수록 잃을 것 또한 많아지는 법이었다.

"거리가 엄청 먼 것도 아니니 좀 더 고민해 주셨으면 합니다. 저희는 모레까지 황화현에 있을 예정이니까요."

"알겠습니다."

시원하게 포기한 당무린과 달리 팽무건은 일말의 기대를 놓지 않았다.

사람 마음이라는 게 시시각각 달라지는 만큼 석진호도 그럴 수 있다고 생각해서였다.

武人還生
무인환생

때문에 팽무건은 혹시나 하는 마음으로 여지를 두었다.

올해가 안 된다면 내년에라도 참석해 주었으면 싶어서였다.

"흠흠! 석 관주께 한 가지 부탁드리고 싶은 게 있습니다."

그때 지금껏 잠자코 있던 팽무곤이 입을 열었다.

누가 봐도 몸이 달아오른 얼굴로 말이다.

"말씀하시죠."

"괜찮으시다면 저와 대련을 한번 해 주시지 않겠습니까?"

나이는 그가 더 많았으나 강호에서의 위상은 석진호가 훨씬 더 위였다.

더구나 이곳 승천무관의 주인이었기에 팽무곤은 정중하게 부탁했다.

"좋습니다."

"가, 감사합니다!"

팽무곤이 깜짝 놀란 표정을 지었다.

부탁을 너무나 흔쾌히 받아 주자 당황한 것이었다.

어제 북궁혁과 모용천 일도 있어서 내심 어려울 거라 생각했는데 너무 쉽게 받아 주자 팽무곤이 퉁방울만 한 눈을 껌뻑였다.

하지만 그는 이내 덩치에 어울리게 우렁찬 목소리로 황급히 대답했다.

"목소리 좀 죽여!"

"귀청 떨어지겠다."

실내를 쩌렁쩌렁하게 울리는 팽무곤의 목소리에 팽나연과 팽무건이 핀잔을 주었다.

자신들도 귀가 아플 지경인데 다른 이들은 오죽할까 싶어서였다.

"죄, 죄송합니다!"

"하하, 다음번에는 조금 신경 써 주셨으면 좋겠습니다."

연신 고개를 숙이는 팽무곤을 향해 당무린이 어색하게 웃으며 말했다.

팽무곤의 기쁜 마음은 알겠지만 조금 과장하자면 귀에서 피가 나오지 않을까 걱정이 될 정도로 목소리가 컸다.

그렇기에 당무린은 주의를 부탁했다.

"조심하겠습니다."

"그거면 되었습니다."

"나가죠."

대화가 얼추 정리되는 듯하자 석진호는 자리에서 일어났다.

그러자 앉아 있던 이들 전원이 따라 일어섰다.

석진호와 팽무곤의 대련을 다 함께 구경하려는 것이었다.

하지만 누구도 팽무곤이 이길 거라 생각하는 사람은 없었다.

무인환생

"뭐야, 대련이야?"

"하북팽가의 이공자랑 하는 모양인데?"

"너무하네. 우리는 까고 하북팽가랑은 대련해 주는 거야?"

"팽가와는 친하다 이거지. 참, 나, 억울하면 친해져라 이건가?"

적당히 거리를 벌리고 마주 선 두 사람을 쳐다보며 후기지수들이 웅성거렸다.

그리고 그중 몇몇은 대놓고 불만을 터트렸다.

친분을 가지고 사람을 너무 차별하는 것 같아서였다.

"웃기는 소리 하네. 지들은 차별 안 했나."

"누구보다 급을 따지는 것들이."

물론 그런 그들의 모습에 혀를 차는 이들도 있었다.

똥 묻은 개가 겨 묻은 개 나무라는 꼴이어서였다.

"근데 부럽다. 여동생 덕분에 천룡검이랑 대련도 하고."

"어느 정도일까. 북궁혁과 모용천이 자기들보다 강하다는 식으로 말했었는데."

"비슷하기만 해도 엄청난 거 아닌가? 육룡이 두 사람에게 개박살 났는데."

"쉿!"

주위에 있던 군소 방파의 후기지수들이 황급히 친구의 입을 부여잡았다.

사실인 건 맞지만 그렇다고 그 말을 기분 좋게 받아들일

리는 만무했기에 조심하는 것이었다.

그런데 다행히 모두의 시선이 석진호와 팽무곤에게 집중되어 있어서 그런지 그들의 대화를 들은 이는 없는 듯했다.

"말조심해, 새끼야! 해도 될 말이 있고, 하지 말아야 할 말이 있어!"

"주둥이 때문에 패가망신한 이들이 수두룩한 거 모르냐? 말할 거면 차라리 전음으로 하든가!"

친우들의 타박에 입을 열었던 청년이 얼굴 가득 미안한 표정을 지었다.

얼마나 큰 실수를 저질렀는지 본인도 잘 알아서였다.

"미안, 미안."

"말을 하기 전에 제발 머리로 한번 생각하고 말하자, 응?"

"알았어."

면박을 받은 청년이 뒷머리를 긁적이며 어색하게 웃었다.

그러고는 이내 호기심이 가득한 눈으로 석진호를 쳐다봤다.

천룡검이라 불리는 그가 어떤 무공을 보여 줄지 궁금해서였다.

특히 별호에 비해 석진호가 익힌 무공에 대해서는 알려진 게 거의 없었기에 청년뿐만 아니라 모두가 석진호를 뚫어져라 쳐다봤다.

"후읍!"

무인환생

한편 석진호와 적당한 거리를 벌리고 팽무곤은 거패도라기보다는 참마도에 가까워 보이는 무지막한 애병을 꺼냈다.

허리에 맬 수 없을 정도의 크기이기에 늘 등에 메고 다니던 애병을 꼬나 쥐며 팽무곤은 심호흡을 했다.

그저 바라보는 것만으로도 숨이 턱 막히는 석진호를 말이다.

'최선을 다한다.'

쿵쾅거리며 뛰고 있는 심장박동을 느끼며 팽무곤이 눈을 빛냈다.

애초에 그는 자신이 이길 거라고는 생각하지 않았다.

친형인 팽무건의 말도 있었지만 직접 본 석진호는 감히 그가 승리를 욕심낼 정도의 무인이 아니었다.

그렇기에 팽무곤은 한 수 배운다는 생각으로, 도전자의 입장으로 석진호의 앞에 섰다.

"준비 다 되셨습니까?"

"예."

석진호의 말에 팽무곤이 기수식을 취하며 대답했다.

언제라도 철혈적성도(鐵血摘星刀)를 펼칠 수 있는 자세를 취하며 팽무곤은 석진호를 쳐다봤다.

"그럼 시작하지요."

"차합!"

우렁찬 기합과 함께 팽무곤이 달려들었다.

자신이 하수라는 걸 알기에 먼저 덤벼들었던 것이다.

동시에 초반부터 전력을 다하는 모양인지 참마도처럼 거대한 도에서 무시무시한 도기가 일어나며 석진호를 양분할 기세로 떨어져 내렸다.

쩌어엉!

그러나 팽무곤의 도는 석진호의 근처에도 다가가지 못했다.

어느새 뽑아 든 검으로 팽무곤의 도를 도중에서 튕겨 냈던 것이다.

"큽!"

비유가 아니라 팽무곤의 신장은 팔 척이 넘었다.

말 그대로 팔척장신이었던 것이다.

체중으로 비교해도 석진호보다 배는 족히 나갈 것 같은 체구를 가진 이가 팽무곤이었다.

그런데 그 팽무곤이 석진호의 일 검에 속절없이 밀려났다.

터엉! 터어엉! 텅!

겉으로 보기에 몰아치는 건 팽무곤이었다.

타고난 신력에 어려서부터 축적한 정순한 내공이 합쳐진 그의 참격은 태산이라도 쪼개 버릴 정도로 강력했다.

하나 그런 맹공을 석진호는 아무렇지 않게 막아 냈다.

팽무곤이 들고 있는 참마도에 비하면 장난감처럼 보이는 검으로 너무나 쉽게 파상 공세를 막아 냈던 것이다.

무인환생

"흐아압!"

하지만 실상은 달랐다.

몰리는 쪽은 팽무곤이었다.

'이, 이 정도란 말인가?'

퉁방울만 한 두 눈이 크게 흔들렸다.

차이가 클 거라고 예상하지 못한 건 아니었지만 이건 상상 이상이었다.

마치 자신이 어디로 움직일 것인지 속을 꿰뚫어 본 것처럼 미리 맥을 끊어 버리는 석진호의 검초에 팽무곤은 이를 악물었다.

하지만 아무리 도를 휘둘러도 석진호의 몸에 닿을 수는 없었다.

콰앙! 쾅!

어느 순간부터는 오히려 그가 밀려나고 석진호가 몰아붙이는 모양새였다.

심지어 얼굴이 터질 것처럼 붉어진 그와 달리 석진호의 신색은 처음과 별다를 게 없었다.

"……제가 졌습니다."

알면서도 끝까지, 무려 오십여 합을 더 나눈 팽무곤이 결국 패배를 시인했다.

여기서 더 해 봤자 달라질 게 없다는 걸 너무나 잘 알아서였다.

그럼에도 마지막의 마지막까지 버틴 건 아직 자신의 모든 걸 쏟아 냈다는 생각이 들지 않아서였다.

"고생하셨습니다."

"아닙니다. 저보다는 석 관주가 더 고생하셨지요."

비록 패배하기는 했지만 팽무곤의 얼굴은 밝았다.

모든 걸 다 토해 냈다는 듯이 개운하다는 표정을 지었던 것이다.

하지만 대부분의 후기지수들은 의아한 얼굴이었다.

기대했던 것보다는 너무 싱겁게 끝나서였다.

그러나 육룡을 비롯해서 실력자라 할 수 있는 이들의 표정은 달랐다.

아는 만큼 보인다고, 그들은 팽무곤이 어째서 저렇게 속절없이 밀렸는지 알았기에 새삼스러운 눈으로 석진호를 쳐다봤다.

저런 식으로 상대방을 몰아붙이는 게 얼마나 어려운지 잘 알아서였다.

'어제의 그 말이 농담이 아니었군.'

둘의 대련을 지켜보던 남궁수가 헛웃음을 흘렸다.

북궁혁을 상대하면서 하늘 밖에 하늘이 있음을 깨달았다.

동시에 자신이 얼마나 해이해져 있었는지도.

하지만 석진호의 실력을 조금이라도 엿보게 되자 자신이 얼마나 보잘것없는 실력에 만족하고 지냈는지 알게 됐다.

무인환생

'……그래서 더 붙어 보고 싶군.'

육룡 중 최강이라 불리는 자신이라고 한들 팽무곤과 다를 것 같지는 않았다.

하지만 그렇다고 지레 포기하고 물러날 생각은 없었다.

벽이 있다면 넘고 깨부수며 여기까지 올라온 그였다.

그렇기에 남궁수는 더더욱 석진호와 붙어 보고 싶었다.

"저도 부탁드려도 되겠습니까."

그런데 선수를 친 사람이 있었다.

팽무건이 웃으며 석진호에게 다가갔던 것이다.

그 모습에 남궁수를 비롯해서 육룡의 대부분이 멈칫거렸다.

남궁수와 같은 생각을 한 이가 한둘이 아니었던 것이다.

"허어."

"자네도?"

"흔치 않은 기회 아닌가. 어제 충분히 깨지기도 했고."

호적수이자 친구이기도 한 각원의 말에 남궁수가 피식 웃었다.

역시나 생각하는 게 비슷한 것 같아서였다.

"근데 받아 줄지 모르겠군."

"다시 붙는 것도 나쁘진 않지. 난 북해빙궁의 소궁주와 겨뤄 보지 못했으니까."

"어느 쪽이든 손해는 아니다?"

"맞아. 그리고 이참에 친해지면 좋잖아? 앞으로 크게 될 인물 같은데."

각원이 빙그레 웃었다.

제대로 활동하지 않으면서도 지금의 명성을 쌓은 게 석진호였다.

그런 만큼 앞으로는 더욱더 위명이 쟁쟁해질 것이기에 교분을 나눠서 나쁠 건 없다고 생각했다.

"그렇게 이해타산을 따지는 줄 몰랐는데 말이지."

"이해타산이라니. 무인 대 무인으로서 친해지고 싶다는 거지."

"흠."

남궁수는 고개를 저었다.

저렇게 말해도 순수하게 받아들여지지 않았던 것이다.

하지만 결과적으로 둘 다 뜻을 이루지 못했다.

석진호가 당무린까지만 해 주고 더 이상의 대련을 해 주지 않아서였다.

여전히 비무의 열기로 시끌벅적한 연무장의 소리가 활짝 열린 창문을 타고 방 안으로 들어왔다.

세 사람이 빠졌음에도 비무는 멈추지 않았던 것이다.

"저거 저대로 놔둬도 되나? 애들이 수련을 제대로 못 하는 거 같은데."

武人還生
무인환생

"뒷마당에서 하고 있어. 이런 기회가 흔치 않기에 일부러 보여 주고 있기도 하고."

"하긴. 지금 당장은 쓸모가 없겠지만 나중에는 큰 도움이 되겠지."

북궁혁이 차를 한 모금 들이켜며 고개를 주억거렸다.

보이는 것보다 보이지 않는 게 더 많겠지만 그래도 봐서 나쁠 것은 없었다.

더구나 육룡오화 정도나 되는 후기지수들을 언제 또 볼 수 있을까.

"마음이 콩밭에 가 있는 애들도 꽤 되던데."

"그건 어쩔 수 없지. 무림오화가 전부 모여 있는데 시선이 안 가면 그게 남자냐? 남색에 빠진 놈이 아니라면 그건 당연한 거야. 본능인 거지. 그리고 너도 정신 못 차리더만."

"무, 무슨 소리야?"

모용천이 버럭 소리를 질렀다.

자기도 모르게 당황해 목소리가 커진 것이었다.

"스스로도 알고 있었던 모양이네. 목소리가 커진 걸 보면."

"아니거든! 난 단지 대화를 좀 나눴을 뿐이다!"

"좋아 죽겠다는 표정이던데. 그래서 누구야? 누가 네 방심을 뒤흔들었어?"

"그런 거 아니라니까."

모용천은 단호하게 손을 저었다.

절대 그렇지 않았다고 말이다.

하지만 북궁혁은 그 모습에 되레 의미심장하게 웃었다.

"우리한테도 비밀이야? 그건 좀 섭섭한데."

"아니라니까 그러네."

"어디 보자, 그럼 내가 눈치로 맞혀 보지. 일단 무림오화 중 도화를 제외하면 네 사람이 남고. 그중에 네가 가장 많이 쳐다본 이가 누구였더라."

"우리는 왜 부른 거야?"

모용천이 다급하게 석진호에게 말을 걸었다.

구석에 몰린 것 같은 얼굴로 말했다.

하지만 그 말에 석진호는 대답 대신 웃어 보였다.

"백리세가의 빙화 백리선이었지."

"커헉!"

"취향이 그런 쪽이었을 줄이야. 만약에 차이면 얘기해. 북해에서 구해 줄 테니까. 장담컨대 빙화 같은 외모와 성격은 북해에 많아. 중원이니까 희귀해서 빙화라는 별호가 붙었지. 물론 내 동생은 안 돼. 적어도 진호 정도는 되어야지."

사레가 걸린 듯 격하게 기침하는 모용천을 향해 북궁혁이 말을 이었다.

모용천이 대단한 재능인 건 사실이지만 상대가 석진호라면 빛이 바랠 수밖에 없었다.

"갑자기 이야기가 왜 그리로 가?"

武人還生
무인환생

"가능성이 열려 있어서 그렇지. 너 아직 결정 안 내렸잖아. 검도 두 자루나 가지고 다니고. 아까 전에 비무할 때 두 여인이 네가 든 검만 보고 있었다는 건 알고 있어?"

"시선이 안 느껴질 리 없지."

"언젠가는 결정을 내려야 할 거야. 뭐, 네가 알아서 잘하겠지만. 둘 다 거두는 것도 한 가지 방법이고. 네 아버지는 첩만 열 명이라며?"

"……그건 또 언제 알아냈냐?"

석진호가 실소를 흘렸다.

생각지도 못한 말에 당황한 것이었다.

"한노가 알아 왔지. 근데 공공연한 비밀이더만. 웬만한 사람은 다 알고 있던데."

"그렇긴 하지."

석가장을 위해서이긴 하지만 과한 건 사실이었다.

오대세가의 수장도 첩만 열 명 넘게 채우지는 않으니까.

"너라고 못 할 건 없잖아? 열에 비하면 단둘뿐인데."

"오늘 보니까 둘에서 끝날 것 같지 않던데? 여인들 눈빛 못 봤어?"

기침을 멈춘 모용천이 슬그머니 대화에 합류했다.

그런 그의 눈빛에는 부러움이 짙게 서려 있었다.

당하린과 팽나연도 엄청난 미녀들인데 자그마치 무림오화가 석진호에게 관심을 보였다.

물론 관심을 보이는 것과 실제로 혼인을 하는 건 다른 문제지만 중요한 건 석진호에게 호감을 가지고 있다는 점이었다.

"군소 세가랑 중소 방파의 여인들이 특히 대단했지."

"너도 만만치 않더만."

"너만 할까. 나는 어차피 북해로 돌아가야 하는 몸이고."

북궁혁이 어깨를 으쓱거렸다.

자신에게 관심을 보이는 이들이 상당했지만 결국 그는 새외무림의 무인이었다.

관심의 선을 넘을 가능성은 희박했다.

그 역시 딱히 중원 여인에게 관심이 없었고 말이다.

"미래는 모르는 일이지. 너 좋다고 매달릴지 누가 알아?"

"너나 매달리지 마라. 앞으로 갈 길이 구만리인 녀석이."

"……나도 알거든."

모용천이 씁쓸한 표정을 지었다.

오대세가의 한자리를 차지하고 있던 명문 세가 시절이면 모를까 지금의 그는 몰락한 가문의 후예였다.

그러한 현실을 누구보다 잘 알았기에 모용천은 환상은 환상으로만 남겨 두었다.

지금의 그는 한가로이 사랑놀음이나 하고 있을 시간이 없었다.

"여자에 목매지 마라. 생각했던 것만큼 대단한 거 없으니

武人還生
무인환생

까."

"뭐라도 아는 것처럼 말한다?"

"아니까 하는 말이다."

"내가 알기로는 연애 한번 못 해 본 숫총각이 넌데?"

북궁혁이 어이없다는 듯이 실소를 흘리며 말했다.

화화공자가 하는 말이라면 모를까 여자 한번 사귀어 본 적
이 없는 석진호가 마치 다 아는 양 말하니 어처구니가 없었
다.

"알려진 게 전부가 아니지."

"그래?"

"뭐, 결정은 천이가 하는 거니까. 너랑 내가 왈가왈부할 문
제는 아니지."

"구렁이 담 넘듯이 넘어가는 것 좀 봐?"

"내가 따로 보자고 한 건 다른 게 아니라 용봉지회 때문이
야."

생각대로 되지 않는 마음에 땅이 꺼져라 한숨을 내쉬던 모
용천이 고개를 번쩍 들었다.

갑자기 용봉지회를 거론하니 무슨 일인가 싶었던 것이다.

"너 가려고? 어제까지만 해도 참여 안 한다고 하지 않았
어?"

"지금도 마찬가지야. 내가 거기 가서 뭐 해. 근데 너희 둘
은 다르지. 특히 천이는."

"혁이는 될지 몰라도 나는 힘들지."

모용천이 씁쓸한 얼굴로 말했다.

육룡 중 셋을 쓰러뜨렸다고 하나 그래 봤자 그는 몰락한 모용세가의 후예일 뿐이었다.

유일한 후예였기에 가주라고 해도 과언이 아니었지만 중요한 건 그가 혼자라는 점이었다.

가문은 결코 한 명만 있어서는 존재할 수 없었다.

"가고 싶다면 내가 도움을 줄 수 있을 것 같은데. 어떡할래?"

"어?"

"꼭 초대장이 필요한 건 아니더라고."

모용천의 머리가 빠르게 회전하기 시작했다.

무슨 말인지 그는 단박에 이해했던 것이다.

"나는 갈 수 있으면 좋아. 일단 모용씨가 건재하다는 걸 알리기에 용봉지회보다 좋은 기회는 없으니까."

"예전과 같지는 않을 거야. 대놓고 무시하지는 않더라도 차별이 있을 거고. 오대세가의 자리를 넘보는 가문에서는 널 심하게 견제할 테고."

"알고 있어. 하지만 언젠가는 겪어야 할 일이지. 무조건 이겨 내야 하는 일이기도 하고."

모용천이 다부진 어조로 말했다.

쉽지 않을 거라는 건 처음부터 알고 있었다.

과거의 명문 세가를 환영하는 곳보다 배척하고 견제하는 곳들이 훨씬 많을 거라는 것도.

하지만 그럼에도 그는 해내야만 했다.

'그게 나의 의무이자 운명이니까.'

힘들다고 포기할 거였으면 진즉에 포기했을 터였다.

그리고 그의 대에서 이뤄 내지 못한다면 자식이 다시 도전할 터였다.

그렇게 하다 보면 언젠가는 다시 모용세가라는 이름을 천하에 알릴 수 있을 것이다.

'맨땅에서 진호도 이뤄 냈는데 나라고 못할 건 없지.'

더욱이 그에게는 석진호의 승천무관이라는 좋은 예시가 있었다.

그렇기에 모용천은 자신 있었다.

머지않아 명문 세가라는 이름을 다시 찾을 거라고 말이다.

또한 오대세가에 다시 모용세가가 들어가도록 만들 것이다.

"알았다. 당 공자와 팽 공자에게 말해 두마. 두 사람과 같이 가도록 해."

"고맙다. 이 은혜는 절대 잊지 않으마."

모용천이 뜨거운 눈으로 석진호를 쳐다봤다.

오백 년 묵은 홍패도 그렇고 석진호에게는 계속 도움만 받는 듯했기에 모용천은 고마움 반, 미안함 반이 깃든 눈빛으로 바라봤다.

"당연히 잊으면 안 되지. 이런 걸 잊으면 사람 새끼가 아냐."

"넌 어떡할 거야?"

"응?"

짐짓 무거워지려는 듯한 분위기에 장난 삼아 입을 열었던 북궁혁이 석진호의 물음에 눈을 동그랗게 떴다.

무슨 말인가 싶어서였다.

"용봉지회는 일 년에 한 번만 열리는 모임이야. 참석하고 싶다고 해서 아무나 참석할 수 있는 자리가 아니지."

"아, 그 얘기였어?"

"응."

"흐음."

북궁혁이 턱을 쓰다듬었다.

사실 그는 승천무관에 오기 전에는 오대세가를 두루 둘러볼 작정이었다.

이왕 중원에 온 김에 그 대단하다는 오대세가와 구대문파를 자신의 눈으로 직접 확인하고자 했던 것이다.

하지만 우연찮게 육룡을 본 뒤 북궁혁은 생각이 달라졌다.

'오대세가, 구대문파라고 해서 딱히 대단할 것 같지는 않은데 말이지.'

물론 천하십대고수라 불리는 쌍존삼왕오절의 대부분이 구

파일방과 오대문파에 속해 있는 만큼 견문은 확실히 넓어질 터였다.

다만 문제는 그러한 고수들을 방문한다고 해서 무조건 볼 수 있을 거라고는 장담할 수 없다는 점이었다.

북해에서야 존귀한 신분이었지만 중원에서는 아니었으니까.

'진호를 알게 된 것만으로도 중원의 저력은 확실하게 알았으니까.'

천룡검이니 비천검괴니 하며 세간에서는 석진호를 후기지수 중 최고라고 손꼽았다.

하지만 북궁혁의 생각은 달랐다.

석진호는 감히 후기지수라는 틀에 담아 둘 수 있는 인물이 아니었다.

'그런 의미에서 나에게 용봉지회는 큰 의미가 없지.'

이미 핵심 인물들과는 한 번씩 겨루어 본 상태였다.

물론 모용천처럼 알려지지 않은 후기지수들이 있을 수도 있으나 그런 이들이 석진호의 수준 정도 될 거라고는 생각하기 힘들었다.

"의미가 딱히 없기는 하지만 그래도 이 녀석을 혼자 보낼 수는 없으니."

"……왜 말이 그렇게 가?"

"너도 생각해 봐. 진호는 혼자서도 잘하잖아. 근데 너는?"

"나도 혼자서 잘하거든? 혼자 힘으로 여기까지 올라오기도 했고."

"남궁세가에 가면 찬밥 신세일 거 같은데. 여기와는 상황이 많이 다를 테니까."

"견뎌 내야지."

모용천이라고 짐작 안 가는 것은 아니었다.

하지만 가문을 위해서라면 참고 견뎌 내야 했다.

"그래서 이 몸이 같이 가 주겠다고. 혼자보다는 둘이 낫지 않겠어? 방 하나를 셋이서 사용해야 할지도 모르지만 친구를 위해서라면야."

"말을 꼭 그렇게 해야겠냐?"

"고마워하라고. 널 생각해 주는 내 마음도 알고 말이야."

"빚을 지워 두려는 게 더 큰 거 같은데."

투덕거리는 두 사람의 모습에 석진호는 피식 웃었다.

말은 저렇게 해도 서로를 챙긴다는 걸 알 수 있어서였다.

"참, 공동파는 기회가 되면 내가 꼭 손을 봐 주마."

"굳이 그럴 것까지는 없는데."

"말리진 않는다?"

"나와의 인연 때문에 공동파 쪽에서 먼저 시비를 걸 수도 있으니까. 북해빙궁과의 관계 때문에 그럴 가능성이 희박하기는 하지만."

석진호는 어깨를 으쓱였다.

武人還生
무인환생

아무래도 강호만큼 은원 관계가 지저분한 곳도 없었기에 그 부분에 대해서 생각을 하지 않을 수가 없었다.

"이 녀석이 더 고달파지겠는데."

"그 역시 내가 감당해야 할 몫이지. 친구 일인데."

"너무 앞서가지는 말고. 사이가 안 좋은 건 나지 너희 둘은 아니니까. 공동파 입장에서도 굳이 적을 더 만들 이유는 없지."

북궁혁과 모용천을 번갈아 보며 석진호가 말했다.

그러고는 자리에서 일어났다.

쇠뿔도 단김에 빼랬다고 바로 당무린을 찾아가려는 것이었다.

"어디로 가게?"

"사천당가."

"그쪽이 말하기 더 편한가 보네?"

북궁혁이 의미심장한 표정을 지었다.

선택지가 두 개인데도 사천당가를 택했다는 건 하북팽가보다는 사천당가가 더 편하다는 뜻으로 보여서였다.

"아무래도 차이는 있을 수밖에 없으니까."

"당 소저가 좋아하겠군. 팽 소저는 씁쓸할 테고. 근데 끝까지 안 받아 줄 거야? 검룡이 너만 계속 보던데."

"원한다고 꼭 어울려 줄 필요는 없지."

"역시 내 친구라니까."

일말의 망설임도 없이 단호하게 대답하는 석진호의 모습에 북궁혁이 피식 웃었다.

그 대단하다는 남궁세가의 소가주도 석진호에게는 똑같은 후기지수일 뿐인 것 같아서였다.

하지만 석진호는 그렇게 말할 자격이 있었다.

"우리도 나가자."

"그래."

석진호를 따라 두 사람도 일어났다.

주인도 없는데 굳이 앉아 있을 필요는 없어서였다.

이윽고 세 사람이 방을 나섰다.

시끌벅적했던 어제와 달리 오늘의 승천무관은 한산했다.

연무장을 가득 채웠던 용봉회의 후기지수들이 이른 아침 안휘성의 남궁세가로 출발해서였다.

빈객으로 머물고 있던 북궁혁과 한노, 모용천, 당아린도 그들과 함께 떠났기에 연무장에는 관도들만 남아 있었다.

"어? 청송표국주님?"

짐짓 냉엄한 얼굴로 관도들의 자세를 봐주고 있던 정마룡이 대문을 향해 고개를 돌렸다.

인기척을 느끼고는 반응한 것이었다.

"그간 잘 지내셨습니까?"

"오늘 복귀하신 모양이네요."

무인환생

"예. 근데 아깝게 늦고 말았네요. 저도 육룡오화를 직접 만나 보고 싶었는데."

이제는 어엿한 표국의 주인이 되었지만 그렇다고 도주윤은 정마룡을 함부로 대하지 않았다.

하인 출신이기는 하지만 현재 승천무관의 단둘뿐인 무공교두일 뿐만 아니라 석진호의 심복이 정마룡이었다.

그렇기에 도주윤은 편하게 대하기는 해도 절대 말을 놓지는 않았다.

몇 번이나 정마룡이 편히 말하라고 했음에도 불구하고 말이다.

"용봉지회 때문에 어쩔 수가 없다고 하더라고요. 오늘 새벽에 출발한 것도 최대한 머물다가 간 거라고 들었습니다."

"어쩔 수 없지요. 다음 기회를 노려 볼 수밖에요. 근데 어땠습니까?"

"대단하더라고요. 괜히 명문 세가, 대문파 출신이 아닌 것 같았습니다. 개개인마다 격차가 상당하기도 했고요."

"두 분의 활약이 대단했다고 들었습니다."

누구라고 정확히 지칭하지는 않았지만 정마룡은 찰떡같이 알아들었다.

도주윤이 말할 두 명은 어떻게 보면 뻔해서였다.

"육룡이 참패했죠. 근데 분위기는 나쁘지 않았습니다. 적어도 겉으로 보기에는요."

"두 분 다 엄청난 실력자들이니까요. 세간에서는 벌써부터 삼괴(三怪)라고 부르더라고요. 무관주님은 비천검괴에서 딴 검괴라 불리고 소궁주님은 백괴(白怪), 모용 공자님은 투괴(鬪怪)라고요."

"별호라. 부럽네요."

정마룡이 진심으로 부러운 표정을 지었다.

이제는 당당히 일류 무사라고 말해도 될 정도의 실력이 되었지만 그럼에도 그나 탁윤은 별호가 없었다.

용봉회의 후기지수들이 찾아왔을 때 내심 자신도 어울릴 수 있지 않을까, 그로 인해 별호도 생기지 않을까 기대했지만 역시는 역시나였다.

별호는커녕 누구 하나 그에게 대련 신청을 하는 이도 없었다.

"저도 부럽습니다. 아직까지 별호가 없는 건 저 역시 마찬가지라."

"표국주님은 곧 생기실 겁니다. 실력이 출중하시지 않습니까."

"정 교두님도 마찬가지이지 않습니까."

"에이, 저는 아직 한참 멀었죠. 저보다는 표국주님이나 윤이가 더 빠를 겁니다."

정마룡이 겸손하게 웃으며 손을 저었다.

조금 기대하기는 했으나 이번 용봉회의 후기지수들을 만

나면서 그는 다시 한번 깨달았다.

일류 무사가 되었다고 하나 아직도 갈 길이 한참 남았다는 사실을 말이다.

하지만 그 사실에 낙담하지는 않았다.

"그건 모르는 일이죠. 저보다는 정 교두님이 먼저 얻으실 가능성도 충분히 있습니다."

"우선은 실력부터 확실하게 다질 생각입니다. 결국 중요한 건 본인의 실력이니까요."

"맞습니다."

도주윤이 대답하며 탁윤의 지시하에 구슬땀을 흘리는 관도들을 쳐다봤다.

이제는 제법 자세가 나오는 관도들의 모습에 도주윤은 눈을 빛냈다.

별 볼 일 없는 하인이던 탁윤과 정마룡을 단기간에 일류무인으로 키워 낸 이가 석진호였다.

그리고 그 가르침이 관도들에게 고스란히 전해지고 있기에 도주윤은 속으로 큰 그림을 그렸다.

관도들이 무럭무럭 자라 실력자가 되면 청송표국으로 영입할 계획을 말이다.

물론 그러기까지 시일이 꽤 걸리겠지만 시간이 필요한 건 청송표국 역시 마찬가지였다.

'미리 선점해 두어서 나쁠 건 없이.'

본신의 무력도 대단한 석진호지만 육성에도 일가견이 있기에 도주윤은 주기적으로 승천무관을 찾아왔다.

얼굴도 익히고 조언도 해 주면서 자연스럽게 친분을 만들기 위해서였다.

동시에 청송표국이 성장하고 있음을 은연중에 보여 주고 말이다.

"애들이 많이 컸죠?"

"한창 자랄 때라 그런지 진짜 쑥쑥 잘 자라네요. 체격도 균형 잡혀지고."

"다들 열심히 하고 있으니까요. 참, 저를 따라오시죠. 보여 드릴 게 있습니다."

"저한테요?"

"예."

정마룡이 도주윤을 이끌고 뒷마당으로 향했다.

목장 한쪽에 만들어져 있는 땅굴로 말이다.

주인의 냄새를 맡은 모양인지 새끼들하고 놀아 주던 늑대 삼 형제가 꼬리를 정신없이 흔들며 달려왔다.

"어?"

"새끼를 낳았다는 소식은 들으셨죠?"

"예. 근데 엄청 빨리 자랐네요?"

도주윤이 살짝 놀란 표정을 지었다.

아빠 따라 뛰어 나오는 새끼들은 꼬물이라고 하기에는 너

武人還生
무인환생

무 자란 것 같아서였다.

아직은 애티가 남아 있어 강아지 같은 느낌이 강하지만 그래도 피는 속일 수 없는 모양인지 송곳니와 발톱이 의외로 날카로워 보였다.

헥헥헥!

물론 겉모습만 그렇고 하는 행동은 개와 크게 다르지 않았다.

암컷들 역시 삼 형제 때문인지 얌전했고 말이다.

"저도 깜짝 놀랐습니다. 삼랑이도 이 정도로 빨리 자라지는 않았거든요. 어미젖을 먹어서 그런지, 아니면 객잔주님께서 보양식을 챙겨 줘서 그런지 하루가 다르게 크더라고요."

킁킁!

새로운 사람이 나타나서 그런지 새끼들이 우르르 몰려와 도주윤의 냄새를 맡았다.

아홉 마리가 그를 포위하듯 둘러싸고서는 발과 다리에 코를 박았다.

"꼬물이는 아니지만 귀엽네요."

아우! 우우!

새끼 늑대들이 말귀를 알아들은 것처럼 울부짖었다.

자신들은 여전히 귀여운 꼬물이라는 듯이 말이다.

그 모습에 도주윤은 자기도 모르게 입가에 미소를 지었다.

사람이든 동물이든 새끼 때는 똑같이 귀여운 거 같아서였다.

스슥! 슥!

게다가 사람 손을 일찍 타서 그런지 낯선 이가 만져도 가만히 있었다.

몇몇은 아예 입을 깨물거나 핥으면서 애교를 부렸고.

"두 마리 데려가세요."

"예?"

"아직 네 마리가 주인을 못 찾았거든요. 그렇다고 저희가 키우기에는 이미 숫자가 많은 편이라."

정마룡이 뒤통수를 긁적이며 땅굴 앞에 얌전히 앉아 있는 암컷 세 마리를 눈짓으로 가리켰다.

새끼들도 새끼들이었지만 암컷 역시 늘어난 숫자에 한몫하고 있었기에 정마룡은 애초에 욕심을 버렸다.

솔직하게 말하면 늑대 삼 형제를 제외하면 정이 크게 들지도 않았고 말이다.

"정말 주시는 겁니까?"

"예. 싫으시면 별수 없지만……."

"감사히 잘 받겠습니다. 하하! 안 그래도 누나가 적적해하던데 잘됐네요."

도주윤이 황급히 말을 이었다.

주겠다는데 굳이 거절할 필요는 없어서였다.

"애기들 잘 부탁드려요."

무인환생

"최선을 다해 키우겠습니다."

"여기 네 마리 중에 고르시면 됩니다. 나머지는 다 주인이 정해져서요."

"으음."

언뜻 보면 비슷하게 생겼지만 색깔이나 무늬가 조금씩 달랐다.

그렇기에 정마룡은 아직 주인이 정해지지 않은 네 마리를 들어 도주윤에게 보여 주었다.

끼잉! 낑!

형제들이랑 잘 놀다가 붙잡혀서인지 네 마리가 품 안에서 바동거렸다.

그런데 그 모습조차 너무나 앙증맞았다.

넷 중 둘을 고르기 힘들 정도로 말이다.

"그럼 전 이 두 마리로 하겠습니다. 이왕이면 암컷 수컷 한 마리씩이 나을 것 같아서."

"알겠습니다."

"너도 받아 가려고?"

바로 안겨 주는 두 마리를 받아 들던 도주윤이 고개를 돌렸다.

그러자 흑휘와 함께 휘적휘적 걸어 나오는 석진호의 모습이 보였다.

"예. 정 교두가 준다고 해서요."

"잘 키워 봐. 혈통은 나쁘지 않으니까."

"저도 수공을 배워야 할 것 같습니다."

석진호가 피식 웃었다.

어째 다들 정마룡에게 물들어 가는 것 같아서였다.

"쉽지는 않을 거야."

"키우는 재미가 있지 않겠습니까, 하하!"

"그렇긴 하겠지."

제47장 단초(端初)

늑대 삼 형제의 핏줄이니 똘똘하긴 할 터였다.

다만 영물이 될 수 있을지는 장담하기 힘들었지만.

일단 아빠인 늑대 삼 형제만 하더라도 영물은 아직 아니었
다.

일반적인 늑대에서 살짝 벗어나 있기는 했지만 말이다.

"잘 키워 보겠습니다."

"그래."

실패할 가능성이 큰 건 사실이지만 반대로 성공할 가능성
역시 있었다.

그렇기에 석진호는 말없이 응원해 주었다.

어쩌면 정마룡이 실패하고 도주윤이 성공할 가능성도 있

어서였다.

"인사를 드리려고 왔는데 생각지도 못한 선물을 받았네요."

"아닙니다. 저야말로 우리 애들을 거둬 주셔서 감사합니다."

"누나가 정말 좋아할 것 같네요."

화기애애한 대화를 나누는 둘을 남겨 두고 석진호는 몸을 돌렸다.

원래 하려던 일을 하기 위해서였다.

"안녕하십니까!"

"좋은 아침입니다, 관주님!"

"안녕히 주무셨습니까!"

탁윤의 지도하에 무공을 수련 중이던 아이들이 석진호를 발견하고는 우렁찬 목소리로 인사해 왔다.

하나같이 허리를 깊이 숙이며 인사했던 것이다.

"계속해."

"예!"

석진호의 지시에 관도들이 멈췄던 훈련을 이어 갔다.

각자 검과 도, 창을 쥐고서 초식을 연마했던 것이다.

그리고 그 모습을 석진호가 날카로운 눈빛으로 쳐다봤다.

한 명 한 명 그가 직접 몸에 맞는 병기를 골라 준 만큼 석진호는 매의 눈처럼 예리하게 자세며 호흡을 관찰했다.

武人還生
무인환생

"합! 하압!"

"찻!"

그런 석진호의 시선을 느끼는 것인지 관도들은 더욱 집중하며 초식을 펼쳤다.

누구 하나 설렁설렁하는 기색 없이 정말 죽을힘을 다해 초식을 펼쳤던 것이다.

"마한이는 다리 간격 좀 좁히고. 영덕이는 손목에 힘 빼. 지금이야 허공에 창을 찌르니까 괜찮지만 대련하면 너 손목 아작 난다. 특히 관절은 한번 다치면 절대 원상태로 회복되지 않는다. 치료하는 데 시간도 오래 걸리고. 그 말은 곧 뒤처진다는 뜻이겠지?"

"예!"

"명심하겠습니다!"

석진호의 말에 두 사람이 우렁차게 대답했다.

언뜻 듣기에는 매정해 보이는 말이었지만 둘은 그렇게 생각하지 않았다.

다치지 말라고 하는 소리임을 잘 알아서였다.

최선을 다해 수련하는 것도 중요하지만 그만큼 다치지 않는 것도 무엇보다 중요하기에 아이들은 두 눈을 부릅뜨고서 훈련에 매진했다.

"좋아. 잘들 하고 있어."

"감사합니다!"

"말하면서 흔들리지 말고. 말하려면 검극이 흔들리지 않게 해."

"흡!"

다들 고만고만한 실력이었지만 열기만큼은 강호 고수 못지않았다.

아니, 모두 알기에 더욱더 열심히 했다.

스스로의 재능이 특별하지 않음을 알기에 최선을 다해 노력했던 것이다.

"역시 관주님이 오시니 달라지는 것 같습니다."

"달라져야지. 그러라고 내가 있는 건데. 그래도 너랑 마룡이가 잘 가르쳤어. 기본기가 아주 탄탄해."

지쳤음에도 이를 악물고 악착같이 한 번이라도 더 병기를 휘두르는 관도들의 모습에 탁윤이 웃으며 다가왔다.

그와 정마룡도 나름 세심하게 지도한다고 하지만 역시 석진호에 비할 바는 아니었다.

"감사합니다."

"그리고 너희 둘은 충분히 잘하고 있으니까 자책하지 말고. 나야 시행착오를 다 겪어 봤으니까 보이는 거고. 윤이 너도 슬슬 보이겠지만. 아직 확신이 없어서 그렇지."

"맞습니다."

"그래서 내가 있는 거야. 그러니까 윤이 너는 네가 할 수 있는 부분만 해. 모르는 게 있으면 바로 나를 찾아오고."

탁윤을 다독여 준 석진호는 관도들의 자세를 몇 번 더 지
켜보며 교정해 주고는 승천무관을 나섰다.

오늘은 따로 할 일이 있어서였다.

급한 건 아니지만 미리 준비해서 나쁠 건 없기에 석진호는
흑휘를 데리고 황화현의 사방대로로 향했다.

오랜만에 승천무관을 찾은 석덕월은 창문 사이로 들어오
는 힘찬 기합성에 빙그레 웃었다.

관도들의 기합 소리만 들어도 얼마나 열심히 수련하는지
알 수 있어서였다.

"이제 진짜 무관인 것 같네."

"예전에는 좀 휑하기는 했죠."

"관도라고 해 봤자 관주인 너를 빼고 셋밖에 없었잖아. 그
나마도 소강이는 막 무공에 입문한 상태였고."

"지금도 뭐."

석덕월의 찻잔에 차를 따라 주며 석진호가 어깨를 으쓱거
렸다.

그때보다 많이 성장하기는 했지만 그래도 탁윤과 정마룡
과 비교하면 아직은 갈 길이 먼 게 채소강이었다.

둘과 달리 재능은 충분했지만 아직은 시간이 좀 더 필요했

다.

"의욕이 대단하던데. 재능도 나쁘지 않고."

"상품의 근골은 아니죠."

"그건 너도 마찬가지였잖아."

"저는 재능이 늦게 개화한 경우라."

"그러니까 다른 애들도 모르는 거지. 우리 표국만 해도 마룡이를 우상으로 삼는 애들이 수두룩해. 일 기, 이 기 애들을 비롯해서."

석진호야 본인 말대로 재능이 늦게 개화했다고 볼 수 있었다.

그게 아니라면 지금의 성취가 설명되지 않으니까.

하지만 정마룡과 탁윤은 진짜 놀라울 정도였다.

석진호만큼이나 충격적인 성장을 보여 준 게 바로 두 사람이었다.

"애들은 잘 지내죠?"

"다들 표사로서 잘 활동하고 있다. 대부분 이급 표사까지 올라갔어. 몇몇은 좋지 않은 일을 겪기도 했지만."

석덕월의 표정이 살짝 어두워졌다.

무럭무럭 잘 자라는 이들도 있는 반면에 표행을 하다가 크게 다친 이도 있어서였다.

하지만 다행히 죽거나 불구가 된 이는 아직까지 없었다.

"칼 밥을 먹는 이상 그건 각오해야죠. 어떻게 보면 무인보

武人還生
무인환생

다 더 죽음에 가까운 게 표사이지 않습니까."

"맞아. 산적, 수적, 마적이 사라지지 않는 한 표사들에게 죽음은 늘 곁에 있겠지. 나 역시 마찬가지고."

"참, 총표두가 되신 거 축하드립니다. 이제는 석풍표국의 서열 이 위가 되셨네요. 부표국주님이 은퇴하셨으니."

"축하는 무슨. 나이가 차고 때가 되니 운 좋게 빈자리를 차지한 거지."

석덕월이 격하게 손사래를 쳤다.

말이 총표두지 딱히 하는 일은 달라진 게 없어서였다.

"그것도 능력이 되니까 가능한 것 아니겠습니까. 사실 그간 총표두가 없는 게 이상하기도 했고요."

"총표두라고 해서 달라진 건 없어. 그냥 하던 일 그대로야. 다만 책임질 일이 더 많아졌을 뿐."

"그래도 감투는 없는 것보다 있는 게 좋지요."

"그렇게 말하는 넌 왜 은둔 생활을 하는 거냐?"

석덕월이 어이없다는 얼굴로 말했다.

정작 능력이 출중한 석진호는 이상하게 드러나기를 원치 않는 것 같아서였다.

"저는 지금의 생활에 만족합니다. 조용하고, 사건 사고 없고, 주변 사람들도 잘 챙길 수 있고."

"네가 그래서 애늙은이 소리를 듣는 거야. 이제 약관이면서 하는 행동은 나와 비슷하니."

"남들의 시선이나 생각보다는 본인의 행복이 훨씬 더 중요합니다."

"말이나 못하면."

석덕월이 고개를 저었다.

하지만 그 이상 더 입을 열지는 않았다.

"그나저나 어쩐 일이십니까? 한창 바쁜 기간으로 알고 있는데."

"오랜만에 네 얼굴도 볼 겸해서 들렀다. 오늘이 아니면 가을이나 되어야 시간이 날 것 같아서. 그리고 기일도 얼마 안 남지 않았느냐."

"기억하고 계시는군요."

"지금 네 모습을 봤으면 정말 기뻐했을 텐데."

석진호가 묵묵히 차를 들이켰다.

어머니에 대한 기억은 있지만 사실 별다른 감정은 들지 않았다.

남아 있는 기억은 석진호의 것이었고, 그와는 직접 마주친 적이 없으니까.

하지만 석진호의 몸으로 살아가는 만큼 예는 다 지킬 생각이었다.

"하늘에서 보고 계실 거라 생각합니다."

"분명히 웃고 있을 게야. 아들이 이렇게 잘 컸으니까."

"그러셨으면 좋겠습니다."

武人還生
무인환생

"참, 육룡오화가 찾아왔었다고 들었다. 근데 죄다 퇴짜 놓았다며?"

석덕월이 장난스럽게 물었다.

평소 성격을 보면 예상하지 못할 건 아니지만 그래도 놀랍긴 했다.

다른 이들도 아니고 그 대단하다는 육룡이었기 때문이다.

"대련 신청을 한다고 해서 꼭 받아 줄 의무는 없으니까요."

"너답다. 근데 새로 사귄 친구들도 대단하다며? 한 명은 북해빙궁의 소궁주라던데?"

"맞습니다."

"괜찮겠어?"

세월이 많이 흐르긴 했으나 북해빙궁이 중원을 침공했던 역사가 사라진 건 아니었다.

또한 은원이라는 게 쉽사리 끊어지지 않는다는 걸 잘 알기에 석덕월이 살짝 걱정스러운 표정을 지었다.

"오래전 일이지 않습니까. 그렇다고 북해빙궁이 중원을 재침공할 마음이 있는 것도 아니고. 크게 문제 될 건 없다고 생각합니다."

"사람은 겉만 보고 판단해서는 안 돼. 너도 알지 않느냐. 개인은 세력의 구성원일 뿐이다. 본인은 원치 않더라도 전쟁은 얼마든지 일어날 수 있어."

"그렇다고 지레짐작하고 미리 결정을 내 버리는 건 아니라고 생각합니다. 만약 그런 식이었다면 흑오채의 일을 그냥 놔두어서는 안 되었죠."

"으음!"

석덕월이 침음을 흘렸다.

자신이 지나쳤다는 걸 깨달은 것이다.

만약 흑오채의 일을 처리할 때 백마표국을 확실하게 정리했다면 범원강이 진규악과 함께 석진호를 죽이겠다고 찾아오지는 않았을 터였다.

"미안하다. 내가 실언을 했다. 도를 지나쳤어."

"이제 그만 본론을 꺼내시죠. 신변잡기는 이 정도면 된 것 같은데."

"……알고 있었느냐?"

"슬슬 찾아올 때가 되었다고 생각은 하고 있었습니다."

"이거 원 참. 부처님 손바닥 안에 있는 느낌이구나."

석덕월이 어색하게 웃으며 머리를 긁적였다.

그러면서도 그는 슬쩍 석진호의 눈치를 살폈다.

"짐작 못 하는 게 이상하지 않을까요?"

"크흠! 그리 말하니까 우리가 너무 속물처럼 보이지 않느냐."

"저는 알고 있을 거라 생각했는데, 아닌가요?"

"커험! 킴!"

석덕월이 연신 헛기침을 했다.

무인환생

차마 석진호의 눈을 마주 볼 수가 없어서였다.

하지만 더 서글픈 건 그럼에도 불구하고 그는 부탁할 수밖에 없는 입장이라는 점이었다.

그 정도로 석진호의 능력은 석풍표국에 반드시 필요했다.

'단기 속성 과정으로 끌어모은 실력 좋은 표사들이 많으니까.'

가뜩이나 규모로는 십대표국 중에서도 제일이라 불렸던 곳이 석풍표국이었다.

그런데 거기에 단기 속성 과정이라는 것이 추가되자 말 그대로 밀물처럼 표사들이 석풍표국을 찾아왔다.

승천무관과 거의 독점에 가까운 계약을 맺고 있다는 사실이 알려져서였다.

거기다 백마표국이 무너지면서 능력 있는 표사들도 자연스레 흡수했기에, 석풍표국으로서는 반드시 단기 속성 과정 계약을 다시 맺어야 했다.

"죄송하지만 당분간은 힘들 것 같습니다."

"……역시 새로 받은 애들 때문이겠지?"

"예. 지금이 가장 중요하니까요."

"내 듣기로는 대부분의 훈련은 윤이와 마릉이가 감독한다고 하던데."

석덕월이 조심스레 입을 열었다.

기초를 잡는 건 중요하지만 반대로 말하면 아직은 석진호의 지도가 반드시 필요한 단계는 아니라는 뜻이었다.

그렇기에 석덕월은 넌지시 운을 뗐다.

"그래도 첫 정식 관도들인데 신경 써야지요. 저만 믿고 입 관한 아이들인데."

"……그건 그렇지만."

"한동안은 계획이 없습니다."

"아예 없애는 건 아니지?"

석덕월이 조마조마한 얼굴로 물었다.

나름 방귀깨나 뀐다는 무관들이 석진호를 따라 단기 속성 과정 비슷한 걸 내걸었지만 그 어떤 곳도 승천무관처럼 전부 다 통곡의 벽을 넘게 해 주지 못했다.

즉 승천무관이 유일무이했기에 석덕월은 간절한 눈빛으로 석진호를 쳐다봤다.

"글쎄요. 당장은 따로 생각이 없어서요. 그런데 고수층은 이제 두꺼워지지 않았습니까? 규모도 백마표국이 무너지면 서 두 배 가까이 커진 것으로 아는데."

"맞긴 한데, 이왕이면 견고히 하고 싶은 거지. 천화표국의 성장세가 상당하거든. 백마표국이 망하면서 우리 다음으로 이 득을 본 곳이 천화표국이야. 아마 너를 찾아오기도 했을걸."

석진호가 턱을 쓰다듬었다.

워낙에 많은 곳들이 찾아왔었기에 곰곰이 떠올려 봤던 것 이다.

武人還生
무인환생

그러다가 이내 한 명을 떠올렸다.

"있었습니다."

"다행히 네가 퇴짜를 놨다고 들었다."

"당분간은 단기 속성 과정 수련생들을 받을 생각이 없어서요."

"만약 시작할 마음이 생기면 나에게, 아니 석풍표국에 바로 연락해다오. 알겠지?"

석덕월이 석진호의 두 손을 붙잡았다.

다른 사람들이 운 좋게 석진호를 붙잡아 성공했다고 비아냥거리지만 그는 그런 말이 나돌아도 상관없었다.

결국 중요한 것은 결과였고, 석진호는 확실하게 그런 결과를 만들 수 있는 사람이었다.

그런 만큼 자존심은 중요치 않았다.

"그 정도로 석풍표국이 중요합니까?"

"나에게는 집이나 마찬가지니까. 앞으로 내가 죽을 곳이기도 하고. 내 것은 아니지만, 어떻게 보면 나의 전부이기도 해서. 아, 그렇다고 강요하는 건 아니다. 내가 강요한다고 해서 네가 들어줄 성격도 아니지만."

"그건 그렇죠."

"하니 다시 할 생각이 생기면 연락 달라는 거다. 그것 말고도 내 도움이 필요한 일이 있으면 바로 연락하고. 내가 큰 힘은 되지 못하겠지만, 그래도 난 언제나 네 편이다. 예전에도 그랬고, 앞으로도 그럴 거다."

"아저씨께는 늘 감사한 마음을 가지고 있습니다."

석가장에서 모두가 그를 무시하고 홀대할 때 유일하게 사람대접을 해 주고 챙겨 준 사람이 석덕월이었다.

만약 석덕월이 없었다면 지금의 석진호는 없었을 수도 있다.

그렇기에 석진호는 웃으며 맞잡은 손을 두드렸다.

"사실 조금 민망하기는 해. 내가 챙겨 준 건 맞지만 그렇다고 엄청 신경 써 준 건 아닌데."

"손을 내밀어 주신 것만으로 그 시절 저에게는 정말 큰 힘이 되었습니다."

"그렇게 말하면 더 민망하다고."

"사실이니까요. 참, 혹시 늑대 키워 보실 생각 있으세요?"

"아, 삼랑이들이 새끼를 낳았다고 했지?"

석덕월이 눈을 빛냈다.

안 그래도 늑대 삼 형제가 새끼들을 낳았다는 소식을 듣고 내심 기대 아닌 기대를 했었다.

똘똘한 늑대가 있어 표행에 나쁠 건 없어서였다.

실제로 개나 늑대를 데리고 다니는 표사들도 제법 있었고.

"예. 현재 딱 두 마리가 아직 주인을 찾지 못했어요."

"나야 주면 좋지. 안 그래도 혼자 사느라 적적했는데. 근데 딱 한 마리만 되는 거야?"

武人還生
무인환생

"두 마리 다 데려가고 싶으세요?"

"응. 아무래도 잘 키운 늑대는 표행에 도움이 되니까. 같이 사냥할 수도 있고."

"그럼 두 마리 다 드릴게요."

석진호가 흔쾌히 말했다.

엄밀히 말해 주인은 정마륭이었지만 상대가 석덕월이라면 정마륭도 싫어하지는 않을 거라는 생각이 들어서였다.

더욱이 석덕월과 함께라면 중원 곳곳을 돌아다닐 것이기에 새끼들에게도 나쁘지만은 않을 것 같기도 했고.

"정말?"

"예. 마륭이에게 말해 봐야 하지만 거절하지는 않을 거예요."

"갖은 정성을 다해 잘 키우마!"

"그 말은 마륭이에게 하세요."

"허허허허!"

생각지도 못한 선물을 받아서 그런지 석덕월이 헤벌쭉 웃었다.

아마도 머릿속으로 늑대 삼 형제를 떠올리는 듯했다.

✾

배정받은 숙소로 들어온 모용천이 깊은 한숨을 내쉬며 침

상에 쓰러지듯이 누웠다.

그런데 그의 표정이 심상치 않았다.

"뭘 한숨을 그렇게 쉬어? 땅 꺼지겠다."

"응?"

"설마하니 우리 사이에 왜 문을 두드리지 않았냐고 따지는 건 아니겠지? 참고로 내 방이 네 옆방이라는 사실은 알고 있지?"

"당연하지."

"다시 주류에 속하기가 쉽지 않지?"

자신의 방이 아님에도 북궁혁은 너무나 자연스럽게 다호를 들었다.

그러고는 마치 자신의 방인 양 편하게 찻잔을 집어 차를 따랐다.

"예상을 못 한 건 아닌데, 그래도 답답한 건 어쩔 수가 없네."

"밑바닥에서부터 시작하는 게 원래 어려워. 더구나 너와 같은 입장에서는 더더욱."

"그 정도까지는 아니고. 과거의 영광을 직접 겪지 않아서 그런지 자존심 상하거나 충격받은 건 없어. 어느 정도는 예상하기도 했고. 단지 짜증이 나서 그렇지."

몸을 일으킨 모용천이 얼굴을 있는 대로 찡그렸다.

아무리 몰락한 명문 세가 출신이라지만 너무 만만하게 생

武人還生
무인환생

각하는 것 같아서였다.

"내가 보기에도 좀 심하긴 하더라. 아주 그냥 탐욕이 눈동자에 덕지덕지 붙어 있더만."

"탐이 나겠지. 나만 데릴사위로 들이면 본가의 절학도 고스란히 집어삼킬 수 있으니까."

"참 세상 쉽게 살려고 해. 나이가 어리다고 바보로 아나?"

"못 먹는 감 찔러나 보는 거지. 근데 명문 세가라 불리는 곳들이 그렇게나 저급하게 나설 줄이야."

모용천이 고개를 절레절레 저었다.

용봉지회는 분명 중원 백도 후기지수들의 모임이었다.

그런데 정작 용봉지회에 참석한 그는 후기지수들보다는 명문 세가나 군소 방파의 수장들과 대화한 시간이 훨씬 더 많았다.

모용세가의 후예라는 사실이 알려지기 무섭게 많은 이들이 인사를 나누자는 명목으로 그를 수도 없이 떠봤던 것이다.

"네 말대로 되면 좋으니까. 안되면 어쩔 수 없고."

"뒤에서 은밀히 찍어 누를 궁리를 하고 있을걸. 경쟁자가 늘어나는 걸 원치 않을 테니까."

"그렇겠지."

정치질에 넌덜머리가 난다는 듯이 모용천은 고개를 크게 저었다.

그러면서 새삼 석진호가 정말 성숙하다는 생각이 들었다.

사람을 편견 없이, 있는 그대로 보는 게 얼마나 힘든지 이번 일로 다시 한번 깨달을 수 있었기에 모용천은 석진호라는 존재가 너무나 소중해졌다.

"정작 위로 올라갈 엄두는 내지도 못하면서."

"현상 유지도 쉬운 건 아냐."

"남자라면 야망이 있어야지. 제자리 지키기에 급급한 꼴이라니."

북궁혁이 혀를 끌끌 찼다.

어째 볼수록 실망만 하게 되는 것 같아서였다.

그가 기대한 중원무림과는 너무나 다른 모습에 북궁혁은 못마땅한 얼굴로 차를 들이켰다.

"모험을 하기에는 지켜야 할 게 많으니까. 달리 말하면 잃을 것도 많다는 뜻이고."

"노력이랑 모험이라는 단어는 달라. 내가 말한 건 근본적인 마음가짐이다."

"노회한 여우들이 많기는 하지."

"거물들을 기대했는데, 좀 실망이야."

북궁혁은 애초에 후기지수들에게는 기대도 하지 않았다.

후기지수들 중 최고라고 하는 육룡조차도 그에게는 애송이라 해도 과언이 아닌 수준이었다.

그래서 그는 남궁세가에서 용봉지회가 열린다는 말을 들었을 때 내심 검왕(劍王)을 만날 수 있지 않을까 기대했었다.

무인환생

하지만 기대는 무참히 박살 났다.

"나도 한 번 정도는 모습을 비칠 줄 알았는데."

"아들에게 다 맡겨 버릴 줄이야."

"소가주이니까 이해가 안 되는 건 아닌데, 좀 아쉽긴 하지. 나도 사실 기대 많이 했으니까."

"어떻게 할 거냐?"

북궁혁의 표정이 진지해졌다.

친구이긴 하지만 그렇다고 모용천에게 이래라저래라 할 자격은 그에게 없었기에 북궁혁은 조심스럽게 물었다.

"일단은 승천무관으로 돌아가야지. 아직은 남궁세가에 마음 편히 머물 위치가 안 되니까. 지금 이 숙소도 네 덕분에 배정받은 거지 나 혼자 왔으면 몇 단계는 낮은 방을 내줬을 걸. 냉정하게 말해 그게 현재 모용세가의 위치이니까."

"그렇게 말하는 것치고 표정은 나쁘지 않네."

"이제부터 시작이니까. 다음에 남궁세가에 찾아왔을 때는 여기보다 더 좋은 숙소를 배정받을 거다."

"당연히 그렇게 만들어야지. 근데 의외긴 하네. 너 초대한 곳 많잖아. 오대세가는 없지만 십대세가를 꼽으면 들어가는 가문들 중 몇 곳이 널 노리는 것 같던데."

"육탄 공세를 받은 이만 할까."

흠칫!

찻잔을 입에 가져가던 북궁혁이 순간 움찔거렸다.

마치 그걸 어떻게 알았냐는 표정이었다.

"너나 진호 정도의 수준이라면 모를까 웬만한 기척은 놓치지 않는다고."

"……하긴."

"근데 하나같이 거절하더만?"

"내 취향이 아니기도 했을뿐더러, 검은 속내가 훤히 보이는데 거기에 어울려 줄 이유는 없지."

북궁혁이 단호하게 말했다.

차라리 순수하게 좋아하는 마음이었다면 조금은 흔들렸을지 몰랐다.

하지만 그를 찾아온 여인들은 하나같이 다른 속내가 있었다.

그게 본인의 꿍꿍이속인지 부친의 지시까지인지는 잘 모르겠지만 말이다.

"진호한테는 즐기면서 살라고 했으면서."

"걔는 너무 지나칠 정도로 관심이 없으니까. 그게 정상은 아니잖아?"

"아직 마음이 안 동할 수도 있지. 더구나 아직 한참 젊은데 굳이 연연할 필요도 없고."

"젊음은 한때야. 즐길 수 있을 때, 누릴 수 있을 때 누려야 하는 법이지."

북궁혁이 손가락을 크게 휘저었다.

武人還生
무인환생

물론 그 역시 벌써부터 혼인을 하는 건 반대였다.

아직 한창인 나이에 코를 꿰이는 건 상상만 해도 끔찍했다.

하지만 남녀 사이에 꼭 결혼만 있는 건 아니었다.

"너나 많이 누리세요."

"넌 좀 진전 좀 있고? 백리세가면 가능성은 있다고 생각하는데. 명문 세가이기는 하지만 위세가 그리 대단한 가문은 아니잖아."

"대신 경쟁자가 많지."

"나도 없고 진호도 없는데 경쟁자가 어디 있어?"

모용천의 입꼬리가 살짝 올라갔다.

은근히 자신의 기를 세워 주는 게 기분 좋아서였다.

"그렇게 따지면 맞는 말이기는 한데, 쉽지 않네. 우선 나는 가문을 일으켜 세우는 게 먼저인지라."

"백리 소저의 나이가 몇이었더라?"

"스물하나. 무가의 여식이라고 해도 적은 나이는 아니지."

대체로 무가(武家)의 딸들이 혼례를 늦게 올리는 편이라고 하나 그렇다고 해도 적은 나이는 결코 아니었다.

스물하나면 결혼 적령기의 나이라 해도 과언이 아니었기에 모용천은 씁쓸한 표정을 지었다.

"봄바람은 부는데, 그 봄바람이 따뜻하지가 않구만."

"너에게도 벌어질 수 있는 상황이거든?"

"난 다르지. 이 몸은 대북해빙궁의 소궁주라고. 나는 간택하는 입장이지 선택받는 입장이 아니다."

"좋겠다, 그래서."

모용천이 입술을 삐죽 내밀었다.

저 허세에 반박할 수 없다는 게 짜증 나서였다.

"그나저나 얼른 돌아갔으면 좋겠다. 이제는 지겨워."

"굳이 다 함께 갈 필요는 없지. 우리 둘이 먼저 출발해도 될 것 같은데."

"원하는 건 다 얻었어? 이 자리가 너에게는 많이 중요한 자리일 텐데."

"충분히 다 얻었어. 더 있어 봤자 나아질 게 없을 정도랄까. 더 귀찮아지면 모를까."

어깨를 으쓱이는 모용천의 모습에 북궁혁의 얼굴도 밝아졌다.

안 그래도 집적거리는 여인들로 인해 여간 귀찮은 게 아니었기 때문이다.

다른 후기지수들의 질투 어린 눈빛을 받아 내는 것도 짜증 났고 말이다.

"말 나온 김에 내일 가자."

"그러자."

두 사람이 빠르게 합의를 봤다.

평화로운 승천무관이 그리운 건 마찬가지였기에 둘은 크

武人還生
무인환생

게 고민하지 않았다.

게다가 승천무관에는 각자 받기로 한 귀여운 새끼 늑대들도 있었기에 두 사람은 자기도 모르게 눈을 반짝였다.

꼬물이들이 얼마나 자랐을지 궁금해졌던 것이다.

❖

쏴아아아.

평소와 달리 석진호는 맨몸으로 바다를 갈랐다.

정확하게는 쪽배가 아닌 검을 타고 수면을 가르는 중이었다.

그런데 그게 멀리서 보면 수면을 타고 이동하는 것처럼 보였다.

"이쯤에서 봤었던 것 같은데."

석진호가 오늘 바다에 나온 건 두 가지 목적이 있어서였다.

하나는 거대 물뱀과 비슷한 녀석이 또 있는지 확인하는 거였고, 다른 하나는 얼마 전에 우연찮게 잡은 단초를 조용히 곱씹어 보기 위해서였다.

아무래도 경지가 경지인 만큼 누구의 방해 없이 조용히 수련을 하고 싶었기에 석진호는 아무도 없는 대해(大海)로 나왔다.

정 안되면 무영신투의 비동도 있었고.

"우선 바람도 쐴 겸 탐색부터 해 볼까."

사실 단초를 잡기는 했지만 급한 건 없었다.

이번 생은 천하제일인이 목표가 아니었기에 석진호는 느긋하게 생각했다.

굳이 급하게 할 필요는 없다고 생각해서였다.

전생에 비해 무공의 성취가 말이 안 되게 빠르기도 했고.

풍덩!

그렇게 생각하는 사이 석진호의 신형이 물속으로 호쾌하게 들어갔다.

검신을 탄 채로 거침없이 스며들었던 것이다.

쉬이이익!

예전에는 팔다리로 헤엄을 쳐야 했지만 지금은 달랐다.

여기까지 이동했을 때와 마찬가지로 석진호는 검을 타고서 바닷속을 누볐다.

뒷짐을 진 채로 수중을 마음대로 노닐었던 것이다.

'대개 그런 녀석들은 자신만의 영역을 가지고 있는 편이니까.'

영물은 아니었지만 그에 근접해 있던 건 사실이었다.

마지막 껍질만 벗었다면 영물이 되었을 거대 물뱀을 떠올리며 석진호는 빠르게 바다를 가로질렀다.

처음 거대 물뱀을 만났던 장소를 중심으로 점차 탐색 범위

무인환생

를 넓혀 나갔던 것이다.

원래 주인이었던 녀석이 갑작스레 사라진 만큼 그 빈자리를 차지하고 들어온 녀석이 있을지도 몰랐기에 석진호는 이동하면서 기감을 넓게 퍼트렸다.

'겸사겸사 현재 한계도 확인하고 말이지.'

스물도 채 안 된 나이에 전생의 무력을 거의 대부분 회복한 그였다.

하지만 회복했다고 해서 전생 때 보여 준 무력을 전부 다 펼칠 수 있느냐는 다른 문제였다.

경지는 비슷할지 몰라도 육신이 달랐기에 어느 정도는 적응기가 필요했다.

새로운 육신이 무공과 경지에 적응할 시간이 말이다.

보통은 그 균형이 자연스럽게 맞춰지기 마련이었지만 현재 석진호의 경우는 조금 특수했기에 이런 과정이 필요했다.

애초부터 영혼에 각인된 무경과 육신의 수준이 현격하게 차이가 났기에 발생한 일이었다.

콰우우우!

더구나 석진호는 지금까지 공력을 한계까지 사용한 적이 없었다.

또한 전력을 다한 적도 없고.

그나마 전력에 가깝게 힘을 썼던 게 명왕 당군성과의 대련이었다.

해서 석진호는 겸사겸사 지금껏 고이 간직하고만 있던 공력을 전부 다 일으켰다.

스스슥!

갑자기 쏟아져 나오는 무지막지한 기운에, 떼 지어 이동하던 물고기들이 경기를 일으키듯 사방으로 흩어졌다.

무시무시한 기운에 질겁한 것이었다.

그리고 그건 큰 물고기라고 해서 다르지 않았다.

'어디 보자.'

잔잔한 파동을 일으키며 순식간에 사방으로 퍼져 나가는 기운을 느끼며 석진호가 감각을 집중했다.

내공의 소모가 상당한 만큼 반대급부 역시 확실했다.

그 사실을 증명하듯 몇몇 백년자패나 백년홍패가 경기를 일으키며 도망가는 게 느껴졌다.

하지만 오늘의 목표는 영물이 아니기에 석진호는 점점 더 깊숙한 곳으로 내려가며 기감에 집중했다.

쿠아아아!

그때 멀리서 거대한 동체가 느껴졌다.

석진호의 기운을 느낀 것인지 강렬하게 포효하는 듯한 파동이 전해졌던 것이다.

거리가 상당하기는 했지만 못 갈 정도의 거리는 아니기에 석진호는 타고 있는 검에 공력을 가일층 집어넣으며 방향을 틀었다.

무인환생

쑤아아아!

그런데 이동하는 건 석진호만이 아니었다.

거대한 동체를 가진 뱀이 살광을 번뜩이며 석진호에게 달려들었다.

대충 봐도 길이가 칠 장은 넘어 보이는 녀석이었다.

'영물은 아니군.'

지난번에 잡았던 거대 물뱀보다 몸통이 훨씬 두껍고 길이도 긴 녀석이었지만 영물이라 하기에는 격이 약간 떨어졌다.

만약 진짜 영물이었다면 석진호의 기운을 느낀 순간 도망쳤을 터였다.

자신들과는 비교도 안 되는 영혼의 격을 느꼈을 테니까.

괜히 백 년 묵은 녀석들이 석진호의 기운을 느끼자마자 도망친 게 아니었다.

크르르릉!

반면에 아직 그 정도 격을 이루지 못한 거대 물뱀은 만들어지다 만 듯이 툭 튀어나온 이마를 거칠게 흔들며 석진호를 향해 달려들었다.

한입에 집어삼키겠다는 듯이 입을 쩍 벌리며 무시무시한 속도로 쇄도했던 것이다.

스르릉.

그때 허리춤에 패용되어 있던 또 다른 검, 당하린에게 선물받은 사천당가제 철검이 저절로 검갑에서 빠져나와서는 빛살처럼 거대 물뱀을 향해 쏘아졌다.

검에 타고 이동하면서 또 다른 검으로 이기어검을 펼쳤던 것이다.

휘리리릭!

전광석화처럼 쇄도하는 검에서 심상치 않은 기운을 느낀 모양인지 거대 물뱀이 몸을 비틀었다.

엄청난 속도로 쇄도하면서도 순간적으로 몸을 꿈틀거리며 방향을 비틀었던 것이다.

쌔애액!

생각보다 빠른 반응에 석진호의 검이 거대 물뱀을 스쳐 지나갔다.

종이 한 장 차이로 아깝게 맞히지 못했던 것이다.

하지만 효과가 없는 건 아니었다.

쩌어어억!

스쳐 지나갔음에도 검에 서린 예기는 어쩌지 못한 모양인지 거대 물뱀의 비늘이 갈라지며 시뻘건 피가 폭발적으로 솟구쳤다.

동시에 거대 물뱀이 울부짖었다.

아프다기보다는 생각지도 못한 고통에 짜증을 내는 기색이었다.

하지만 정작 거대 물뱀의 포효에도 석진호는 다른 생각을 하고 있었다.

武人還生
무인환생

'역시 쉽지 않군.'

한 자루의 검을 다루는 건 석진호에게 있어 너무나 쉬웠다.

그게 이기어검이라고 해도 말이다.

하지만 그런 석진호도 두 개는 아직 힘들었다.

양손을 자유자재로 다룰 수 있는 석진호지만 이기어검은 또 달랐다.

'근데 열받기보다는 재미있단 말이지.'

묘하게 승부욕을 자극하는 느낌에 석진호가 입가에 미소를 지었다.

지금까지는 전생의 무력을 회복하는 데 집중했다면 지금부터는 새로운 경지를 밟아 나가는 느낌이었다.

복구가 아닌 정복을 위해 수련을 하게 되자 석진호는 묘하게 심장이 벌렁거렸다.

은둔 생활을 하고 있다 하나, 그는 여전히 무인이었다.

캬아아악!

본능적으로 석진호가 딴생각을 하고 있다는 걸 눈치챈 모양인지 거대 물뱀이 거칠게 울부짖으며 다시 몸을 날렸다.

이번만큼은 확실하게 씹어 삼키겠다는 듯이 말이다.

하지만 거대 물뱀의 주둥이가 석진호를 집어삼키는 것보다 되돌아온 검이 몸통을 꿰뚫는 게 더 빨랐다.

크오옥!

벼락같이 날아와 몸통을 관통하자 거대 물뱀이 발광했다.

비늘이 갈라진 것과는 비교도 안 되는 고통에 온몸을 비틀었던 것이다.

그로 인해 거대한 와류가 발생했지만 석진호는 휘말리기보다는 그 흐름에 자연스럽게 올라탔다.

불규칙적으로 흐르는 와류를 타고서 자연스럽게 거대 물뱀과 거리를 벌렸던 것이다.

쌔애액!

그러면서도 석진호는 이기어검을 연이어 펼쳤다.

고통으로 정신을 차리지 못하는 거대 물뱀을 계속해서 공격했던 것이다.

퍼어억!

물론 거대 물뱀도 가만히 당하고만 있지는 않았다.

세 번은 당하지 않겠다는 듯이 자신의 신체 부위 중 가장 단단한 곳 중 하나인 꼬리를 있는 힘껏 휘둘렀다.

물속을 마음대로 유영하는 철검부터 부숴 버리겠다는 듯이 말이다.

하지만 그 선택은 악수가 되었다.

캬학!

기세 좋게 심해를 갈랐던 꼬리는 검에 의해 반으로 갈라졌다.

겉으로 보기에는 단순한 철검처럼 보였으나 실제로는 내

武人還生
무인환생

강(內罡)을 머금고 있었다.

그렇기에 거대 물뱀의 꼬리는 단숨에 찢어졌다.

푸슉!

그리고 석진호는 그 기세를 놓치지 않았다.

다시 한번 고통에 발광하는 거대 물뱀의 머리를 꿰뚫어 버렸던 것이다.

'나쁘지 않군.'

어린아이만 한 눈동자에서 빛이 서서히 사라지는 걸 보며 석진호가 검을 회수했다. 나름 유의미한 성과를 얻어서인지 석진호의 얼굴은 밝았다.

'일단 첫발을 뗀 게 중요하니까. 하나씩 나아가다 보면 언젠가는 끝에 도달하겠지.'

꼭 무(武)의 끝에 도달할 필요는 없었다.

석진호가 원하는 건 무한히 계속되는 환생을 끊는 것이었다.

그러니 그것을 이룰 수 있는 힘만 얻으면 되었다.

턱.

거기까지 생각한 석진호는 축 늘어진 거대 물뱀의 사체에 검을 꽂았다.

크기가 크기인 만큼 이대로 끌고 갈 생각이었다.

거리가 제법 되지만 그렇다고 못 끌고 갈 정도는 아니었다.

'가 볼까.'

두 마리 토끼를 모두 잡은 석진호가 한결 가벼운 얼굴로 검을 움직였다.

이윽고 그의 신형이 물살을 가르며 수면을 향해 나아갔다.

"우와! 바닷속에는 이런 것도 있었구나."

"이게 영물이 아니라고?"

"드디어!"

석진호가 거대 물뱀을 잡았다는 소식에 승천무관에 있던 사람들이 모조리 뛰쳐나왔다.

빈객으로 머물고 있던 북궁혁, 모용천은 물론이고 이제나 저제나 기다리고 있던 당아린도 미호를 품에 안고 한달음에 달려 나왔다.

거기에 일손을 거들기 위해 관도들도 수련을 멈추고 모두 해변으로 나왔다.

"이, 이런 게 바다에 있단 말이야?"

"나 갑자기 바다가 무서워졌어."

"그, 근방에는 없지 않을까? 해변은 수심이 얕잖아."

신기한 눈으로 거대 물뱀의 사체를 이리저리 둘러보는 모용천, 북궁혁과 달리 아직은 어린아이들인 관도들은 얼굴이

武人還生
무인환생

해쓱하게 변해 있었다.

어마어마한 덩치에 기가 질렸던 것이다.

지금이야 죽어 있지만 만약 살아 있을 때 마주쳤다면 어찌 되었을지 충분히 예상이 갔기에 다들 안색이 하얗게 변했다.

"뭘 겁을 먹고 그래. 죽어 있는 녀석인데."

"이, 이번이 두 번째라면서요. 그럼 깊은 바닷속에는 떼로 있을 수도 있다는 뜻이잖아요."

"너 살면서 이런 괴수 봤어?"

"처음이에요."

"근데 무슨 걱정이야. 관주님이 잡지 않았으면 평생 마주 칠 일 없었을 텐데. 그러니 쓸데없이 걱정하지 마."

정마룡이 유하일의 머리를 쓰다듬었다.

처음에는 그도 거대 물뱀의 사체에 압도당했지만 지금은 아니었다.

영물도 마찬가지지만 거대 물뱀 역시 평범한 사람이 만날 수 있는 괴수가 아니라는 걸 알아서였다.

"그, 그렇겠죠?"

"마주치면 별수 있나. 죽어라 도망칠 수밖에. 그게 안되면 잡아먹히는 거고."

"히끅!"

유하일은 물론이고 단짝 친구인 이춘욱 역시 딸꾹질을 했 다.

바다에서 마주친 상상을 하자 오금이 저려 왔던 것이다.

그런 둘의 모습에 정마룡이 피식 웃으며 등짝을 쳤다.

"정신 차리고 해체하자. 이거 나름 맛이 좋다고. 별미야."

"정말요?"

"응. 저번에 잡은 것보다 더 크긴 한데, 맛은 비슷할 거야."

구경은 길지 않았다.

아무래도 지난번에도 잡았었기에 처음 본 이들을 제외하고는 다들 담담했던 것이다.

하지만 늑대들은 달랐다.

도도하게 거들떠도 보지 않는 흑휘와 달리 늑대 삼 형제를 비롯해서 암컷들, 그리고 새끼들은 거대 물뱀 사체의 주위를 정신없이 뛰어다녔다.

"기다려. 너희 몫도 챙겨 줄 테니까."

"심장은 우리 미호 거!"

늑대들을 저지하는 정마룡과 달리 당아린은 냉큼 가슴부터 열었다.

저번에 흑휘가 심장이 있던 위치를 알려 주었기에 그녀는 번개 같은 손놀림으로 사체를 갈랐다.

이윽고 덩치에 어울리는 거대한 심장이 선홍빛 자태를 드러냈다.

파앗!

무인환생

그와 동시에 당아린의 품에 안겨 있던 미호가 심장을 향해 폴짝 뛰었다.

본능적으로 자신에게 필요한 부위라는 걸 알아차린 것이었다.

아우우우!

그 모습에 늑대 삼 형제가 길게 울부짖었다.

자신들도 먹고 싶다고 떼를 쓰는 것이었다.

"자, 자! 너희도 얼른 와! 미호랑 같이 먹어!"

헥헥헥!

당아린의 허락이 떨어지기 무섭게 늑대 삼 형제와 암컷들이 득달같이 달려왔다.

그리고 그 뒤로 일곱 마리의 새끼 늑대들이 따랐는데, 그 모습을 본 당아린이 석진호를 쳐다봤다.

"새끼들한테 먹여도 될까요?"

"젖을 떼었으니 먹여도 될 것 같은데. 위험하다 싶었으면 삼랑이들이 말렸겠지요."

"피를 빨아 먹느라 정신 못 차리는 것 같은데요."

당아린이 두 눈을 껌뻑거렸다.

암만 봐도 정신 줄을 놓은 듯해 보여서였다.

저번에는 피만 빨아 먹던 것과 달리 이번에는 심장을 비롯해서 내장을 씹어 먹는 늑대 삼 형제의 모습에 당아린이 고개를 갸웃거렸다.

"흑휘가 가만히 있는 걸 보면 괜찮은 것 같습니다."

"그렇다면 다행이지만."

석진호의 어깨에 앉아 여유롭게 고양이 세수를 하는 흑휘를 보며 당아린이 미간을 좁혔다.

의외로 늑대 삼 형제를 잘 챙기는 흑휘였지만 그래도 걱정이 되어서였다.

성체가 된 늑대 삼 형제야 걱정할 필요 없지만 새끼들은 달랐다.

석진호가 지금껏 흑휘가 감당할 수 있을 정도의 영물만 잡아 주었다는 걸 알기에 당아린이 걱정 가득한 얼굴로 새끼 늑대들을 살폈다.

"애들은 흑휘한테 맡기고 우리는 우리 일을 해야지?"

武人還生
무인환생

제48장 하북제일도(河北第一刀)

각자 분담해서 일을 하고 있는 사람들을 가리키며 당하린이 입을 열었다.

새끼 늑대들을 걱정하는 건 좋지만 날씨가 더운 만큼 최대한 서둘러 필요한 부위들을 챙겨야 했다.

그래야 연구를 할 수 있기에 당하린은 동생을 독촉했다.

"금방 안 상해. 우리에게는 북궁 공자님이 계시잖아."

"저 말입니까?"

정마룡과 탁윤이 해체하는 걸 보며 한 손을 보태던 북궁혁이 고개를 들었다.

난데없이 자신을 거론하자 당황한 것이었다.

"지금이야말로 빙공의 힘이 필요할 때라고 생각해서요."

"아."

"그러니 힘 좀 써 주세요!"

당아린이 애교를 부리듯 활짝 웃었다.

하지만 보기 드문 그녀의 애교에도 북궁혁은 영 떨떠름한 표정이었다.

마치 못 볼 걸 봤다는 듯이 이마를 찌푸리며 고개를 뒤로 물렸던 것이다.

"……뭐예요, 그 반응은?"

"알겠다고요."

"전혀 그런 느낌이 아니던데요?"

누가 봐도 못 볼 꼴을 봤다는 느낌에 당아린이 양쪽 허리에 손을 올렸다.

그냥 넘어가기에는 자존심이 상했던 것이다.

"네가 잘못했어. 뜬금없이 애교는 왜 부려? 상대방 입장도 생각해야지. 부탁할 거면 차라리 정중히 하든가."

"내가 잘못한 거라고?"

"응."

당하린이 단호한 얼굴로 고개를 끄덕였다.

여동생은 친해졌다고 생각해 장난을 친 것이겠지만 문제는 북궁혁이 장난으로 받아들이지 못했다는 점이다.

그렇다면 잘못은 당아린에게 있었다.

"……내가 대역 죄인이란 말이지?"

"그 정도는 아니지만 그래도 상황은 보고 장난을 쳐야지. 상대방이 받아들이지 못하는 농담은 농담이 아니란 말 몰라?"

"죄송합니다. 제가 너무 편하게 북궁 공자님을 대한 것 같아요."

조목조목 짚어 주는 당하린의 말에 당아린이 결국 고개를 숙였다.

생각해 보니 너무 자신만 생각한 것 같아서였다.

하지만 한편으로는 서운한 감정이 들었다.

그래도 남궁세가까지 함께 다녀온 사이인데 이 정도 장난도 안 받아 준다는 게 그녀는 너무나 섭섭했다.

"사과를 받아들이겠습니다. 그리고 원하시는 만큼 얼려 드리지요."

"……감사합니다."

당아린이 얼굴 가득 서운한 티를 내며 대답했다.

그러나 북궁혁은 이미 당하린의 곁으로 가서 그녀가 원하는 부위를 빙공으로 얼리고 있어 당아린의 표정을 보지 못했다.

쩌어억!

"우와! 역시 크기가 크니까 썰리는 것도 화끈하네요!"

"그치?"

"네! 완전 멋있어요!"

"후후후!"

한편 한쪽에서는 팽나연이 거패도를 이용해 열심히 거대

물뱀의 사체를 조각내고 있었다.

특유의 시원스러운 참격으로 사체를 적당한 크기로 동강 냈던 것이다.

그리고 그 곁에서는 아이들이 발 빠르게 움직이며 팽나연이 절단한 사체 조각을 날랐다.

"저도 죽기 전에는 누나처럼 시원스러운 참격을 펼칠 수 있겠죠?"

"물론이지. 이게 뭐 대단한 거라고. 도기를 일으킨 것도 아닌데."

"……그럼 더 힘들지 않을까요? 저는 타고난 힘이 썩 좋지 않은데."

"팔뚝이 많이 두꺼워졌잖아. 노력한 만큼 몸도 탄탄해지고 있고. 게다가 이제 겨우 열다섯인 주제에 뭘 그렇게 자신감이 없어? 아직 한창 자랄 나이에."

"으악!"

팽나연의 꿀밤에 아이가 비명을 질렀다.

그녀 입장에서야 가벼운 꿀밤이었을지 모르지만 맞는 입장은 달라서였다.

체감상 돌멩이를 맞은 듯한 느낌에 아이가 두 손으로 머리를 부여잡았다.

"엄살은. 별로 세게 때리지도 않았는데."

"지, 진짜 아파요."

무인환생

"수련을 덜해서 그래. 사지 육신만 수련하지 말고 머리도 단련해. 도로 승부가 안 나면 박치기라도 해야지. 그 정도 투혼은 발휘해야 참된 무인이라고 할 수 있어."

"옙! 각골명심하겠습니다!"

장난기 가득한 얼굴로 대답하는 아이의 모습에 팽나연이 피식 웃으며 머리를 쓰다듬어 주었다.

하는 행동이 귀여웠던 것이다.

그러면서 그녀는 슬쩍 석진호의 모습을 살피는 것도 잊지 않았다.

승천무관에 머문 지 꽤 오래되었음에도 이상하게 석진호와의 거리는 똑같은 느낌이었다.

'그건 하린이도 마찬가지지만.'

팽나연의 시선이 당아린과 함께 거대 물뱀의 장기를 두루 챙기는 당하린에게로 향했다.

워낙에 틈을 안 주고 있었기에 당하린 역시 상황은 그녀와 별다를 바가 없었다.

하지만 그럼에도 당하린은 천천히, 그리고 묵묵히 석진호에게 다가갔다.

석진호에게 부담을 주지 않는 선에서 말이다.

'절대 질 수 없어.'

팽나연이 애병을 강하게 쥐었다.

석진호를 먼저 만난 건 자신이었다.

그런 만큼 그녀는 절대 석진호를 빼앗길 생각이 없었다.

석진호가 싫다고 하지 않는 한 말이다.

파파파파팍!

팽나연의 두 눈이 이글이글 타오를 때 경쾌한 타격음이 들렸다.

도도한 자세로 석진호의 어깨에 앉아 털 손질을 하던 흑휘가 갑자기 몸을 날리더니 새끼 늑대들의 뒤통수를 빠르게 연타한 것이었다.

그러자 거대 물뱀 사체에 코를 박고 피를 흡입하던 아홉 마리의 새끼 늑대들이 고통에 바닥을 나뒹굴었다.

짤막한 앞발로 머리를 부여잡고서 바닥을 데구루루 굴렀던 것이다.

컹컹!

동시에 늑대 삼 형제와 암컷들도 정신을 차렸다.

새끼들을 까맣게 잊고 있었음을 뒤늦게 깨달았던 것이다.

툭.

암컷 늑대들이 고통에 발버둥치는 새끼들을 챙길 때 늑대 삼 형제 중 첫째인 청랑이가 심장 한 조각을 입에 물고 흑휘에게 다가왔다.

그러더니 슬쩍 흑휘의 앞에 뜯어낸 심장 조각을 내려놓았다.

마치 상관에게 음식을 진상하듯 경건한 자세로 심장 조각

武人還生
무인환생

을 내려놓고는 뒷걸음질 쳤던 것이다.

하지만 청랑이가 바친 심장 조각을 흑휘는 거들떠도 보지 않았다.

"왕이 따로 없네요."

"흑휘 정도면 충분히 왕이라고 할 수 있지."

당하린이 웃으며 말했다.

청랑이가 하는 행동이 너무나 귀여워서였다.

나날이 똑똑해지는 게 보이기도 했고 말이다.

"흑휘가 자식을 낳으면 저도 한 마리 받고 싶어요."

"낳을지 모르겠네. 암컷 영물이 있으면 모를까 평범한 고양이하고는 안 어울릴 것 같은데."

냐옹!

흑휘가 정확하게 봤다는 듯이 크고 짧게 울었다.

웬만한 녀석이 아니면 짝으로 받아들이지 않겠다는 듯이 말이다.

"그래도 언젠가는 짝을 만날 수 있지 않을까요?"

"천하가 넓으니 가능성은 있지."

누구보다 세상이 넓다는 걸 알기에 석진호는 고양이 영물이 흑휘만 있을 거라고는 생각하지 않았다.

문제는 인연이 닿느냐, 닿지 않느냐일 뿐.

하나 가장 중요한 건 흑휘의 의사였다.

만나고 싶어 하지도 않는데 굳이 짝을 찾아 줄 생각은 없었다.

"개인적으로 꼭 만났으면 싶어요. 혼자는 너무 외롭잖아요."

"혼자라고 해서 꼭 외로운 건 아니라고 생각하는데 말이지."

냐아옹.

묘하게 의미심장한 당하린의 말에 석진호가 고개를 저었다.

저 말에 담긴 저의를 모르지 않아서였다.

그런데 흑휘도 석진호와 같은 생각이라는 듯이 고개를 크게 끄덕였다.

"맞아요. 하지만 다 함께 어울려 사는 게 더 행복할 거라 생각해요. 여기 와서 느낀 게 바로 그것이고요."

"그렇긴 하지."

영리한 여인답게 곧바로 한 발자국 물러나는 당하린의 대답에 석진호는 피식 웃었다.

피는 못 속인다고, 당아린만큼은 아니지만 당하린도 당돌한 구석이 있었다.

하지만 그게 싫지만은 않았다.

딱 그 나이대에 어울리는 느낌이라고나 할까.

"그런 점에서 저는 오라버니께 정말 감사하고 있어요. 이런 행복을 가르쳐 주셔서."

武人還生
무인환생

"네가 좋게 받아들여서 그래. 심심해서 일을 벌이는 사람도 있는데."

"지금 제 얘기 한 거예요?"

여전히 코를 박고 피를 흡입하는 미호를 귀여워 죽겠다는 듯이 힐끔거리던 당아린이 고개를 돌렸다.

그런데 흘겨보는 눈빛이 상당히 날카로웠다.

왠지 모르게 자신을 저격하는 것 같아서였다.

"그럴 리가요."

"근데 언제까지 말 안 놓을 거예요?"

"아마 평생?"

"치잇!"

농담처럼 들리지 않는 석진호의 대답에 당아린이 표독한 표정을 지었다.

매서운 눈으로 석진호를 노려봤던 것이다.

하지만 고작 눈빛에 기죽을 석진호가 아니었다.

"우리도 거들자. 오래 먹으려면 최대한 빨리 손질해서 신선하게 보관해야 하니까."

"네!"

당아린의 시선을 무시하며 석진호가 본격적으로 움직이기 시작했다.

이윽고 거대 물뱀의 사체가 순식간에 말끔하게 해체되었다.

적당한 크기로 절단되어 승천무관으로 이동되었던 것이
다.

✿

"자, 오늘은 여기까지. 오늘 배운 글자들 내일까지 열 번씩
써 오는 거 잊지 말고."

"수고하셨습니다!"

옹기종기 모여 있던 아이들이 순식간에 똘망똘망한 얼굴
로 되돌아온 모습에 당하린은 실소를 흘렸다.

방금 전까지의 그 비몽사몽 하던 아이들인가 싶어서였다.

하지만 이해가 안 가는 건 아니었다.

무공을 배우기 위해 무관을 찾은 아이들인 만큼 글보다는
수련에 관심이 갈 수밖에 없을 테니까.

"고생하셨어요, 스승님!"

"스승님은 관주님에게 사용해야 하는 단어 아닐까?"

"헤헤! 누나는 스승님이고 관주님은 사부님이죠. 엄연히
다르다는 말씀!"

넉살 좋은 유하일이 빙그레 웃으며 손가락을 휘저었다.

뜻은 비슷하지만 느낌이 완전히 다르다는 걸 강조하는 모
습이었다.

"확실히 사부님보다는 스승님이라는 단어가 친근하기는

武人還生
무인환생

하지. 근데 나는 너희 글 선생인데?"

"저는 스승님이 더 어울린다고 생각해요. 다른 애들도 마찬가지일걸요."

"글쎄. 귀찮게 하는 글 선생이라고 생각할 거 같은데."

"아무도 그렇게 생각 안 해요! 다들 얼마나 감사하는데요!"

유하일의 목소리가 높아졌다.

어느 누구도 그렇게 생각하지 않아서였다.

더구나 보통 신분도 아니고 사천당가의 금지옥엽이 직접 글을 가르쳐 주고 있었다.

감격을 하면 모를까 귀찮다고 생각하는 이는 아무도 없었다.

"그렇게 말하는 것치고는 조는 아이들이 너무 많던데?"

"내공도 만능은 아니더라고요. 식곤증은 내공으로도 이겨 낼 수가 없어요."

유하일이 마치 배신이라도 당한 것 같은 표정을 지었다.

내공이 이럴 줄은 몰랐다는 듯이 말이다.

"세상에 만능인 건 없어. 그리 보일 뿐이지."

"맞아요. 근데 제 눈에 관주님은 완벽해 보여요. 뭐든지 다 하실 수 있을 것 같고요."

"그건 인정."

"그래서 저는 누나를 응원해요. 아마 다른 애들도 마찬가지일 거예요."

유하일이 양 주먹을 불끈 쥐어 보였다.

그녀를 응원한다는 듯이 두 주먹을 쥐고서 말했다.

"고마워."

"근데 나연 누나를 응원하는 애들도 많아요. 거의 절반은 되는 것 같아요."

대단한 비밀이라도 말해 주는 것처럼 유하일이 목소리를 낮췄다.

방 안에는 둘밖에 없는데도 주변을 두리번거리면서 말이다.

"나연 언니도 매력 있지. 인기도 많고. 괜히 도화라 불리는 게 아니니까."

"그래도 저는 누나 편이에요!"

"으이그."

다시 한번 우렁차게 소리치는 유하일의 모습에 당하린이 웃으며 머리를 헤집었다.

하지만 그런 그녀의 손길에도 유하일은 헤벌쭉 웃었다.

"으헤헤헤!"

"나가자. 오후 수련 해야지."

"넵!"

유하일을 데리고 나간 당하린이 건물을 올려다봤다.

정확하게는 석진호가 있을 집무실을 말이다.

'지금은 아니지만, 언젠가는.'

武人還生
무인환생

당하린의 눈동자에 힘이 실렸다.

언젠가는 자신의 마음을 석진호가 알아줄 거라 생각했다.

속담도 있지 않던가.

두드리면 결국 열린다는.

'천천히. 욕심내지 말고.'

팽나연이라는 막강한 경쟁자가 있었지만 그렇다고 포기할 생각은 없었다.

먼저 만난 건 팽나연이지만 결국 중요한 건 석진호의 선택이었다.

더욱이 부친이 반대하는 팽나연과 달리 그녀의 가문은 협조적이었다.

그런 만큼 당하린은 주먹을 불끈 쥐며 다시 한번 다짐했다.

'끝날 때까지는 끝난 게 아니니까.'

팽나연이 안절부절못하며 건물 앞을 서성였다.

예고도 없이 부친이 들이닥쳤기에 당황한 것이었다.

"별일 없을 겁니다."

백상건의 말에도 팽나연은 입술을 연신 깨물었다.

부친이 석진호를 어떻게 생각하는지 너무나 잘 알았기에

걱정이 된 것이었다.

그래서 그녀는 매서운 눈으로 부친과 함께 온 오빠들을 노려봤다.

"미리 연통이라도 보내지 그랬어!"

"우리가 뭘 어떻게 할 새가 없었어. 그냥 대뜸 집을 나서셔서."

"우리도 겨우 뒤따라온 거다."

팽무건, 팽무곤 형제가 고개를 저었다.

물어볼 새도 없이 다짜고짜 장원을 나섰기에 전서구나 전서응을 보낼 틈이 없었다.

만약 팽진극이 전력으로 경신술을 펼쳤다면 둘은 이렇게 따라오지도 못했을 터였다.

"갑자기 왜 찾아오신 거야?"

"글쎄. 예상 가는 이유가 있긴 한데, 그건 너도 알고 있잖아?"

"……."

큰오빠의 말에 팽나연이 입을 다물었다.

그러고는 흔들리는 눈으로 팽진극이 있을 것으로 예상되는 접객실을 쳐다봤다.

"무슨 일이에요?"

앞마당의 소란스러움이 전해진 것인지 뒷마당에서 텃밭을 손질하던 소하정과 채소설, 당하린, 당아린이 모습을 드러냈

武人還生
무인환생

다.

넷 다 손에 흙이 잔뜩 묻은 채로 말이다.

그러다가 팽무건, 팽무곤 형제와 눈이 마주치자 네 여인 다 눈을 크게 떴다.

생각지도 못한 두 사람의 등장에 놀란 것이었다.

"오, 오랜만입니다."

"두 분께서 어쩐 일이세요?"

"그게……."

팽무건이 뒷머리를 긁적였다.

어떻게 설명을 해야 하나 막막했던 것이다.

하지만 고민은 짧았다.

"아버지께서 오셨습니다."

"팽 가주님이요?"

"예."

당하린은 물론이고 당아린의 두 눈도 화등잔만 하게 커졌다.

하지만 가장 놀란 이는 소하정이었다.

다른 이도 아니고 하북팽가주가 직접 행차했다는 말에 그녀는 정말 크게 놀랐다.

"패, 팽 가주님이요?"

"예. 지금 석 소협과 대화 중입니다."

얼마나 놀랐는지 안색이 새하얗게 변한 소하정의 모습에

팽무건은 가슴 가득 미안한 감정이 들었다.

그래서 그는 좀처럼 소하정의 눈을 쳐다보지 못했다.

"나연 언니 때문인가요?"

"……그럴 가능성이 커."

팽무건은 물론이고 산만 한 덩치의 팽무곤조차 어쩔 줄을 몰라 할 때 당하린이 나지막한 목소리로 물었다.

팽진극이 직접 찾아올 만한 일은 그녀가 생각하기에 팽나연밖에는 없어서였다.

반쯤 가출한 상태이다시피 하기도 했고.

"가주님께서는 여전히 반대하시는 모양이네요."

"……."

팽나연의 얼굴이 어두워졌다.

가문의 전폭적인 지지를 받는 당하린과는 상황이 너무나 달라서였다.

지금까지 편지로 수도 없이 자신의 마음과 석진호의 가치를 설명했지만 그녀의 부친은 조금도 받아들이려 하지 않았다.

마치 눈을 감고 귀를 막은 느낌이라고나 할까.

"뭐야? 왜 이렇게 시끄러워? 무슨 일 있어?"

월월!

수련하던 관도들조차 무거운 분위기에 눈치를 살피고 있을 때 북궁혁과 모용천이 모습을 드러냈다.

武人還生
무인환생

각자 빙랑과 철랑이라 이름 붙인 새끼 늑대를 데리고서 앞마당으로 나왔던 것이다.

"어? 팽 소협도 있네?"

"오랜만이외다."

용봉지회에 함께 갔던 두 형제가 갑자기 와 있는 모습에 북궁혁은 물론이고 모용천도 의아한 표정을 지었다.

연락도 없이 이렇게 와 있을 줄은 몰라서였다.

"무슨 일인데 분위기가 이렇게 심각해?"

"그게, 팽 가주님께서 오셨습니다."

"하북팽가주?"

"예."

"별일 아니구만."

다들 긴장한 기색이 역력한 모습과 달리 북궁혁은 시큰둥하게 대답했다.

하북팽가주가 대단한 인물이라는 건 그도 알고 있었다.

천하십대도객을 꼽을 때 반드시 들어가는 인물이 팽진극이고, 그의 별호가 하북제일도였으니까.

하지만 그건 중원의 입장에서 봤을 때였다.

'하북제일도는 달리 말하면 하북성에서만 제일 강한 도객이라는 뜻이니까.'

천하는 넓고 중원에만 그와 비견되는 도객이 열 가까이 있었다.

그리고 그 정도 실력자는 북해에도 제법 있었다.

'하북제일도라는 본인의 명성에 취해 있다면 큰코다칠걸.'

북궁혁이 묘한 표정을 지었다.

아무리 하북제일도라 불리는 팽진극이라고 해도 석진호가 밀릴 거라는 생각이 들지 않아서였다.

'고작 팽진극 정도야.'

하북팽가의 삼 남매를 힐끗 돌아보며 북궁혁이 속으로 중얼거렸다.

처음 석진호를 만났을 때 받았던 충격에 비하면 팽진극은 아무것도 아니었다.

그저 '아, 천하십대도객 중 한 명이 찾아왔네.' 정도였다.

"담판을 지으러 온 건가?"

"그렇겠지?"

"어떨 거 같아?"

만져 달라는 듯이 다리에 올라타는 철랑이의 모습에 모용천이 아빠 미소를 지으며 품에 안았다.

그러자 철랑이가 세상 행복하다는 듯이 꼬리를 쉴 새 없이 흔들며 모용천의 뺨을 핥았다.

"왜? 걱정되냐?"

"전혀."

모용천이 단호하게 말했다.

북궁혁과 마찬가지로 그 역시 석진호의 진짜 실력을 조금

武人還生
무인환생

이나마 엿보았기에 모용천은 걱정하지 않았다.

하북제일도라는 이름이 대단하다고 하나 그가 생각하기에는 석진호가 꿀릴 것 같지 않았다.

"나도 그래. 사실 나는 걱정보다는, 궁금하다. 둘이 어떤 대화를 나눌지."

"분위기 엄청 살벌하겠지?"

"정확하게는 한쪽만 살벌하겠지."

태평하기 짝이 없는 두 사람의 모습에 모두가 이상하다는 표정을 지었다.

일촉즉발의 상황이라고 해도 과언이 아닌데 여유로워도 너무 여유로운 것 같아서였다.

근데 그 모습을 당하린이 유심히 쳐다봤다.

다른 이들과는 묘하게 다른 눈빛으로 말이다.

떡 벌어진 어깨에 근육으로 가득한 몸.

거기다 호목(虎目)을 가진 팽진극이 부리부리한 눈으로 석진호를 잡아먹을 듯이 쳐다봤다.

물론 실제로 그런 건 아니고 남들이 보기에는 그래 보이는 모습이었다.

하지만 강렬하기 짝이 없는 팽진극의 눈빛에도 석진호는

여유로웠다.

후르릅.

그 사실을 증명하듯 실내를 짓누르는 무거운 분위기 속에서도 석진호는 태연하게 차를 들이켰다.

자신을 노려보는 팽진극의 시선에도 전혀 주눅 들지 않은 모습으로 말이다.

"의외로 놀라지 않는군."

"놀랐습니다. 이렇게 기별도 없이 찾아올 줄은 몰라서."

"아는지 모르겠지만 내가 좀 성격이 급한 편이라서 말이지."

"알고 있습니다."

"그렇다면 말이 빠르겠군. 포기하게. 자네가 어떤 생각을 가지고 있는지 잘 알지만, 난 허락할 생각이 없으니."

팽진극이 고압적인 어조로 말했다.

거부는 절대 허락하지 않겠다는 듯이 말이다.

"포기하고 말 것도 없습니다. 애초에 저는 마음이 없으니까요."

"무슨 말을 해도 나는 들어줄……. 뭐라고?"

당연히 거절의 말이 나올 거라 예상하고 말을 잇던 팽진극이 순간 눈을 크게 떴다.

가뜩이나 부리부리한 눈인데 치켜뜨기까지 하자 안구가 튀어나올 것처럼 돌출되었다.

무인환생

"저는 가주님의 따님에게 마음이 없다고요. 그러니 데려가시면 될 듯합니다."

"그게 무슨……."

팽진극의 동공이 순간 흔들렸다.

예상과는 전혀 다른 대답에 순간적으로 당황한 것이었다.

그는 당연히 석진호가 팽나연에게 구애하고 있다고 생각했다.

영악하게도 본인의 능력을 믿고 팽나연과 당하린을 후렸다고 말이다.

순진한 두 아이는 그런 석진호에게 넘어간 것이고.

그런데 지금의 말과 행동은 그것과 전혀 달랐다.

"따님을 데려가시라고요. 저는 처음부터 지금까지 팽 소저를 붙잡은 적 없습니다."

으득!

무미건조한 목소리로 단호하게 대답하는 석진호의 모습에 팽진극은 이상하게 부아가 치밀었다.

분명 기뻐해야 하는 게 맞는데도 이상하게 그는 기분이 나빴다.

묘하게 자존심이 상한다고나 할까.

누구보다 예쁘고 사랑스러운 딸이 자신에게는 아무것도 아니라는 듯이 말하는 저 모습이 팽진극은 거슬렸다.

"당하린을 선택한 건가?"

"지금의 대화와는 상관없는 질문이라고 생각합니다만."

"본가보다 사천당가를 택한 건가?"

석진호가 이맛살을 찌푸렸다.

논점이 이상한 곳으로 흘러가는 것 같아서였다.

알겠다고 하고 딱 끝내면 되는 대화인데 갑자기 사천당가를 거론하자 석진호는 미간을 좁혔다.

"이 자리는 팽 소저에 관한 자리입니다만. 사천당가에 대한 이야기는 사천당가주께 하시죠."

이상해지는 논점에 석진호가 딱 선을 그었다.

갑자기 찾아온 것도 마뜩잖은데 뜬금없이 당하린을 거론하니 짜증 났던 것이다.

"개인적으로 궁금해서 말일세."

"팽 가주님의 개인적인 궁금증을 풀어 드릴 정도로 사이가 돈독하다고 생각하지 않습니다만. 또한 저를 탐탁지 않아 하는 것으로 알고 있는데요."

"원래 성격이 그런가? 아니면 사천당가와 어울리더니 물이 든 겐가?"

"왜 시비를 거는 겁니까?"

석진호가 단도직입적으로 물었다.

아무리 봐도 시비를 거는 것으로밖에는 보이지 않아서였다.

원하는 대답을 들었으면 왔을 때와 마찬가지로 팽나연을 데리고 바람처럼 돌아가면 될 일인데 팽진극은 그러지 않았다.

입술을 한껏 비튼 채로 그를 삐딱하게 쳐다봤다.

"시비라니. 개인적으로 궁금해서 물어본 건데."

"제 개인적인 부분이라 대답해 드리고 싶지 않군요."

"예의가 없군."

"그건 제가 하고 싶은 말입니다만."

쿠우웅!

방 안의 분위기가 삽시간에 무거워졌다.

팽진극이 자신의 기세를 숨기지 않고 드러냈던 것이다.

하지만 갑작스러운 팽진극의 기세에도 석진호는 눈 하나 깜빡이지 않았다.

"어린 친구가 너무 버릇이 없는 거 같은데."

"이게 더 무례하다고 생각하지는 않습니까. 차라리 솔직해 지시죠. 딸을 줄 마음은 없지만 퇴짜 맞은 것도 마음에 안 든 다고."

"눈치는 빠르군."

정곡을 찌르는 석진호의 말에 팽진극이 비릿하게 웃었다.

하지만 그렇다고 해서 일으킨 기세를 거두지는 않았다.

"근데 아직도 모르는 모양이군요. 세상은 넓고 기인 이사 는 많다는 사실을."

콰아앙!

석진호가 들고 있던 찻잔을 던졌다.

손가락으로 가볍게 튕기듯이 팽진극을 향해 날렸던 것이다.

하지만 그 결과는 가볍지 않았다.

날아든 찻잔을 받은 것과 동시에 팽진극의 거구가 창문 쪽으로 속절없이 밀려났다.

"으와앗?"

갑자기 벽을 뚫고 연무장으로 떨어지는 팽진극의 모습에 옹기종기 모여 있던 사람들이 화들짝 놀랐다.

하지만 가장 놀란 건 밀려난 팽진극이었다.

고작 찻잔을 받아 내지 못해 자신이 꼴사납게 튕겨 날아갔다는 사실에 팽진극이 얼굴을 시뻘겋게 붉히며 등에 메고 있던 거패도를 뽑아 들었다.

그러고는 땅을 박차며 집무실을 향해 몸을 날렸다.

"이노옴!"

노성과 함께 팽진극이 무시무시한 기세로 도를 휘둘렀다.

하북팽가가 자랑하는 절학이자 그를 천하십대도객으로 만들어 준 혼원벽력도(混元霹靂刀)가 펼쳐진 것이었다.

우르르릉!

격노한 그를 닮은 듯한 우렛소리와 함께 거패도에서 무지막지한 도강이 솟구쳤다.

전각을 단숨에 쪼개 버릴 기세의 참격이 펼쳐졌던 것이다.

쩌어어엉!

그러나 무시무시한 참격은 전각에 닿지 못했다.

도강이 목조건물에 닿기 직전 뻥 뚫린 곳에서 한 줄기 검강이 팽진극의 참격을 후려쳤던 것이다.

"진호야!"

"다들 물러나 있어. 좀 시끄러워질 것 같으니까."

대로한 팽진극과 달리 석진호의 신색은 차분했다.

팽진극의 강격을 받아 냈음에도 표정 하나 바뀌지 않은 모습으로 모용천에게 말한 후 가볍게 몸을 날렸다.

연무장에 서 있는 팽진극을 향해 다가갔던 것이다.

하지만 팽진극은 그런 석진호를 기다려 주지 않겠다는 듯이 다시 한번 참격을 날렸다.

방금 전보다 더욱 강맹한 일격을 말이다.

쩌어엉!

그러나 이번에도 결과는 달라지지 않았다.

팽진극의 일격을 석진호는 아무렇지 않게 정면으로 받아 냈던 것이다.

"감히!"

그 모습에 팽진극이 얼굴을 잔뜩 일그러뜨리며 달려들었다.

고작 후기지수 따위에게 자신의 공격이 두 번이나 막히자 극도로 흥분한 것이었다.

콰콰콰쾅!

광분한 모습처럼 팽진극의 공격은 사나웠다.

폭풍처럼 석진호에게 맹공을 펼쳤던 것이다.

전신 요혈은 물론이고 사혈마저 서슴없이 노리는 살초가 연이어 쏟아지는 광경에 지켜보던 사람들은 안절부절못했다.

누가 봐도 극성으로 혼원벽력도를 펼쳤기에 석진호가 걱정되었던 것이다.

"크아아아!"

거기에 팽진극이 짐승같이 포효하며 파상 공세를 펼치자 소하정의 안색은 창백해졌다.

그녀의 눈에는 석진호가 금방이라도 쓰러질 것처럼 보였던 것이다.

하지만 실상은 달랐다.

터엉! 텅! 터텅!

분명 석진호를 몰아붙이는 건 맞았다.

하지만 실제로 석진호에게 유효적인 타격이 들어오는 건 단 하나도 없었다.

무시무시해 보이는 파상 공세와 달리 실속은 전혀 없었던 것이다.

그러던 중 변화가 생겼다.

뻐어어엉!

지금껏 받아치기만 하던 석진호가 처음으로 반격을 했던 것이다.

무인환생

그런데 그 일격에 팽진극이 속절없이 밀려났다.

거구를 가진 그가 체격의 반밖에 되지 않는 석진호의 일 검을 감당하지 못했던 것이다.

하지만 이건 시작에 불과했다.

꽈앙! 꽝! 꽈과과광!

지금까지 당했던 것을 갚아 주겠다는 듯이 석진호는 맹공 을 펼쳤다.

아까 전의 팽진극과 마찬가지로 폭격하듯 무시무시한 검 세를 뿌렸던 것이다.

그런데 결과는 사뭇 달랐다.

여유롭게 정면으로 맞받아치던 석진호와 달리 팽진극은 막기 급급했다.

화려하지도, 그렇다고 현란하지도 않은 단순한 검격을 팽 진극은 창백해진 안색으로 가까스로 막아 냈다.

"커헉!"

그러나 그마저도 오래가지 못했다.

기교도 없는 단순한 검세를 막기만 하던 팽진극이 피를 토 했던 것이다.

하지만 석진호는 멈추지 않았다.

비틀거리는 팽진극을 더욱 몰아붙였다.

파아앗!

팽진극의 몸에 상처가 빠르게 늘어났다.

막아 내는 것보다 막지 못하는 게 많아지자 자연스레 상처
가 늘어났던 것이다.

하지만 팽진극은 외상에 신경 쓸 겨를이 없었다.

충돌할 때마다 내부를 휘젓는 혼원천뢰기가 그의 정신을
쏙 빼 놓고 있어서였다.

'어, 어떻게 이런 힘을……!'

동시에 그는 이해할 수가 없었다.

자신이 누구던가.

하북제일도라 불리며 천하십대도객에 당당히 꼽히는 강자
가 자신이었다.

한데 그런 자신을 석진호는 말 그대로 찍어 누르고 있었
다.

"큭!"

별다른 기교 없이 오직 힘으로만 찍어 누르는데 문제는 그
걸 받아 낼 수가 없다는 점이었다.

다른 이도 아니고 하북팽가의 가주이자 힘으로는 누구에
게도 밀려 본 적이 없는 그가 말이다.

그게 팽진극은 도저히 이해가 가지 않았다.

아무리 천재라도 이건 말이 되지 않았다.

우우웅!

거기까지 생각한 순간 팽진극은 공력을 모조리 끌어 올렸
다.

武人還生
무인환생

이대로 가다간 아무것도 하지 못한 채 패배할 게 뻔했다.

그렇기에 팽진극은 승부수를 띄웠다.

후기지수에게 비장의 한 수를 펼쳐야 한다는 게 자존심이 상했지만 그래도 지는 것보다는 나았다.

'이 한 방으로 끝낸다!'

젖 먹던 힘까지 모조리 끌어 올린 팽진극은 자신이 펼칠 수 있는 최강의 초식을 펼쳤다.

마지막의 마지막까지 아껴 두었던 초식을 말이다.

머지않아 그를 도왕(刀王)으로 만들어 줄 거라 믿어 의심치 않았던 초식인 만큼 팽진극은 자신이 있었다.

이 일격으로 흐름이 완전히 뒤바뀔 것이라고 말이다.

"차합!"

도극에 영롱한 빛이 솟구친 것과 동시에 팽진극의 신형이 석진호를 향해 쏘아졌다.

반쪽짜리긴 하지만 신도합일의 무리가 담겨 있는 일격이었다.

또한 도극에 맺혀 있는 빛무리는 어색하게나마 강환을 이루고 있었고 말이다.

"흥."

하지만 석진호가 이룩한 경지에 비하면 어설펐다.

아니, 어설프다 못해 조잡했다.

그래서 석진호는 진짜 신검합일을 보여 주었다.

완벽하기에 더없이 평범해 보이는 경지를.

스극.

충돌음은 없었다.

그저 미세한 절단음만 있을 뿐.

"……커헉!"

반평생을 함께했던 애병이 반 토막 나는 걸 보며 팽진극이 주저앉았다.

그런 그의 입에서는 연신 검은 피가 흘러나왔다.

지독한 내상에 죽은피가 쉴 새 없이 쏟아져 나온 것이었다.

하지만 그를 향해 다가오는 사람은 없었다.

꿀꺽!

둘의 대화를 듣지 않아도 어떤 상황이었을지 유추하는 건 쉬웠다.

애초부터 무례하게 찾아온 것 또한 팽진극이었고.

그렇기에 팽무건과 팽무곤은 선뜻 부친에게 다가가지 못했다.

"이 정도면 건방져도 될 것 같은데 말이지요."

"쿨럭! 다, 당 가주가 제대로 봤군. 나는 보지 못했고……."

"대화는 여기까지입니다. 돌아가시죠."

이 이상 선을 넘으면 봐주지 않겠다는 듯이 석진호가 싸늘히 말했다.

하지만 그 말에 팽진극은 따지지 않았다.

패자는 유구무언이었기에 동강 난 애병을 챙기며 말없이 일어났다.

"아버지!"

"……돌아가자."

"팽 소저도 돌아가시죠."

"예?"

눈을 질끈 감으며 팽진극이 무거운 어조로 말했다.

그런 그를 팽무건이 부축할 때 석진호의 음성이 들려왔다.

더불어 깜짝 놀란 여동생의 목소리도.

"부친을 모셔야 하지 않습니까."

"그, 그러니까……."

"이제는 돌아가실 때가 되었다고 생각합니다."

냉정하다 못해 싸늘하게 느껴지는 석진호의 목소리에 팽나연의 안색이 창백해졌다.

마치 사형선고를 받은 듯한 표정을 지었던 것이다.

하지만 촉촉해지는 그녀의 눈망울에도 석진호는 말을 거두지 않았다.

"제가 남아 있고 싶다고 해도 안 될까요?"

"예."

팽나연이 두 눈을 질끈 감았다.

확인 사살에 눈물이 나올 것만 같아서였다.

하지만 그녀는 겨우 참아 내고는 처연한 미소를 지었다.

"그동안 감사했습니다, 공자님. 그리고 폐를 끼쳐서 죄송합니다."

금방이라도 울 것만 같은 얼굴로 팽나연이 허리를 숙였다.

그런 그녀의 모습에 팽무건과 팽무곤의 표정이 참담해졌다.

표정만 봐도 여동생이 얼마나 괴로운지 알 수 있어서였다.

하지만 두 형제는 차마 입을 열지 못했다.

부친이 저지른 일이 있기에 입술만 달싹거릴 뿐 끝내 입을 열지는 않았다.

대신 깊은 한숨과 함께 팽진극을 부축하며 몸을 돌렸다.

"조심히 가십시오."

"……네에."

팽나연이 힘겹게 몸을 돌렸다.

그러자 백상건이 빠르게 그녀의 팔을 잡았다.

순간적으로 팽나연이 비틀거린 걸 알아차리고는 잡아 준 것이었다.

"언니."

그런데 그녀를 잡은 건 백상건만이 아니었다.

어느새 달려온 당하린이 반대쪽 팔을 붙잡았다.

"힘내."

팽나연이 많은 의미가 함축되어 있는 한마디를 건넸다.

무인환생

그 말에 당하린의 동공이 크게 흔들렸다.

어떤 의미인지 모르지 않아서였다.

"배웅해 드릴게요."

"고마워."

힘없는 걸음걸이로 팽나연이 부친과 오빠들을 따라 발걸음을 옮겼다.

그러나 그녀는 끝내 뒤를 돌아보지는 않았다.

입술을 꽉 깨문 채로 앞만 보고 걸어갔다.

"자, 자! 다시 수련하자! 윤아, 애들 부탁한다. 나는 수리를 맡길 인부들을 데려올게."

"예, 형님."

정마룡이 박수를 치며 관도들을 탁윤에게 맡기고서 황급히 대문을 나섰다. 접객실의 한쪽 벽이 완전히 박살 났기에 수리를 하기 위해서였다. 하지만 정마룡이 떠났음에도 장내의 분위기는 여전히 무거웠다.

특히 당하린, 당아린 자매의 호위 무사들이 경악한 눈으로 석진호를 쳐다봤다. 대단하다는 말은 익히 들었지만 진짜 실력이 팽진극을 쓰러뜨릴 정도일 줄은 몰라서였다.

근데 더 중요한 건 석진호가 전력을 다한 것처럼 보이지 않는다는 점이었다.

"난 네가 이길 줄 알았지. 내가 무공도 대단하지만 보는 눈도 괜찮거든."

사천당가의 호위 무사들이 정신을 차리지 못할 때 북궁혁이 씨익 웃으며 다가왔다.

특유의 미소와 함께 석진호의 어깨에 팔을 둘렀다.

"나도 같은 생각이었어."

"같은 생각이긴. 반신반의하는 기색이던데."

"난 그래도 비등한 대결이 이어질 거라 생각했거든. 아, 그렇다고 무조건 두 사람이 붙을 거라고 생각한 건 아니고."

"차라리 잘됐지. 어중간한 것보다는 이게 훨씬 깔끔해. 이제 다시는 얕보거나 깔보지 않겠지. 근데 내가 보기에는 그리 오래갈 것 같지 않아, 하북팽가가."

북궁혁이 턱을 쓰다듬으며 중얼거렸다.

암만 생각해도 일가의 수장을 맡기에는 역량이 부족하다고 생각해서였다. 어떻게 보면 무공만 세면 장땡이라는 주의가 만들어 낸 결과물 같다고나 할까.

근데 오대세가의 수장 정도 되면 무공 실력만 뛰어나서는 안 되었다.

"팽 가주 혼자만 있는 게 아니니까. 주위에 능력 좋은 사람들이 있겠지."

"어쨌든 너한테는 기회 아냐? 모용세가가 오대세가에 들어가기 위해서는 어찌 됐든 다섯 중 하나를 밀어내야 하는데."

"기회이기는 하지. 하지만 비겁한 방법으로 차지하고 싶지는 않아. 정당하게 가문을 키워서 오대세가에 복귀할 거야.

武人還生
무인환생

그러고는 천하제일가가 될 거고."

"근데 이루는 것보다 유지하는 게 더 어려운 거 알지?"

"알지. 명문 세가라고 해서 천년만년 가는 게 아니니까. 사소한 다툼 하나로도 사라지는 게 강호이기도 하고."

모용천이 어깨를 으쓱거렸다.

그 예로 그의 가문을 들 수 있어서였다.

정말 별것 아닌 다툼이 커지고 커져 결국 모용세가를 집어삼켰고, 그 결과가 지금의 모습이었다.

"근데 시비는 무엇으로 걸었어? 난 그것도 궁금한데."

"내가 팽 소저를 거절한 게 마음에 안 든 모양이야. 당연히 매달릴 줄 알았는데 그게 아니었으니까."

"허, 참."

북궁혁이 실소를 흘렸다.

대체 딸을 어느 정도나 사랑하면 저렇게 비뚤어진 생각을 할 수 있을지 궁금할 지경이었다.

하지만 한편으로는 다행이라는 생각이 들었다.

저런 장인을 두게 되면 엄청나게 피곤할 게 분명했다.

"그래도 자식 농사는 잘 지었네. 셋 다 아버지를 안 닮았으니."

"천만다행이지."

모용천의 중얼거림에 북궁혁이 진심을 담아 고개를 끄덕였다.

만약 세 명 다 팽진극을 닮았으면 끔찍했을 터였다.

친구인 모용천에게는 좋은 일이었겠지만.

"반면교사로 삼아 나도 조심해야지. 언젠가는 자식을 낳을 테니까."

"적당한 딸바보가 되라고. 아들바보도 적당히."

"똑같이 돌려주지."

두 사람이 키득거렸다.

하지만 그 안에는 진심이 담겨 있었다.

가문에 복귀한 팽진극이 멍하니 허공을 바라봤다.

그런 그의 뇌리에는 압도적으로 자신을 몰아붙이던 석진호의 모습이 떠올라 있었다.

'……모르는 건 나였어.'

당군성이 쌍둥이 자매를 승천무관에 놔두고 떠났을 때 그는 내심 비웃었었다.

자신이었다면 아무리 구명지은을 입었다고 해도 딸들을 놔두고 떠나지는 않았을 테니까.

물론 은혜를 입었으면 갚는 게 인간의 도리였으나 금쪽같은 딸을 남겨 두는 건 과하다고 생각했다.

찾아보면 방법은 얼마든지 있으니까.

무인환생

'심지어 제대로 보지도 못했지……'

자식들이 본 걸 그는 보지 못했다.

아니, 제대로 보려 하지 않았다.

팽나연에게 석진호는 어울리지 않는다고 생각했다.

하지만 부족한 쪽은 석진호가 아니라 그의 딸이었다.

으드득!

석진호의 무명이 강호에 퍼질 때도 그는 무시했다.

지금은 대단할지 모르나 그게 향후 십 년, 이십 년 후에도 그럴 거라고 생각할 수 없어서였다.

반짝 빛났다가 사라진 후기지수가 한둘이 아니었기에 팽진극은 모험을 할 바에는 안정적인 선택을 하는 게 낫다고 생각했다.

가문을 위해서도 그게 맞다고 생각했고.

하지만 그건 크나큰 착각이었다.

석진호는 고작 후기지수라고 말할 수 있는 수준의 무인이 아니었다.

이미 천하를 호령할 준비가 되어 있는 강자였다.

"후우!"

거기까지 생각이 닿자 한숨이 절로 나왔다.

그러자 자괴감이 슬그머니 올라왔다.

당군성이 본 걸 자신은 보지 못했다는 생각이 들어서였다.

똑똑.

깊은 한숨을 연거푸 내쉴 때 문밖으로 익숙한 기척이 느껴졌다.

장차 하북팽가를 이끌어 갈 큰아들의 기척에 팽진극이 고개를 들었다.

"들어와라."

제49장 금의환향(錦衣還鄉)

"괜찮으십니까?"

"아비가 못난 꼴을 보였다."

"……."

팽무건이 말없이 부친의 앞에 앉았다.

그러고는 팽진극을 지그시 바라봤다.

고작 반나절이 지났을 뿐인데 팽진극의 얼굴이 십 년은 늙은 것처럼 보였다.

"미안하다."

"저는 괜찮습니다. 근데 나연이가 심상치 않습니다."

"……상심이 크겠지."

"거기에 실망도 있을 겁니다."

아비의 가슴을 후벼 팔 작정으로 온 모양인지 말 한마디 한마디가 뾰족하기 그지없었다.

하지만 팽진극은 그 말에 반박하기보다는 두 눈을 감았다.

입이 열 개라도 할 말이 없다는 걸 잘 알아서였다.

"그나저나 다행입니다. 혹시나 말도 안 되는 결정을 내리실까 싶어서 왔는데, 걱정은 안 해도 될 것 같네요."

"……그러기에는 격차가 너무 컸다."

차이가 얼마 나지 않았다면 다른 마음을 먹었을지도 모른다.

하지만 마지막 일 검을 본 순간 팽진극은 그런 생각을 하지도 않았다.

그만한 무인이 독심을 품고 달려든다면 하북팽가로서는 감당할 엄두가 나지 않아서였다.

심지어 석진호의 곁에는 석가장과 석풍표국 그리고 사천당가가 있었다.

'사천당가는 나서지 않겠지만 북해빙궁은 다르지.'

북해의 패자이자 새외무림의 최강자 중 한 곳이 북해빙궁이었다.

단일 세력으로 마교와 유일하게 비교할 수 있는 곳이 북해빙궁이기에 그는 전쟁은 생각하지도 않았다.

"알겠습니다. 그럼 이만 물러나 보겠습니다."

"……당분간은 나연이에게 안 찾아가는 게 낫겠지?"

"예."

일고의 가치도 없다는 듯이 팽무건이 대답했다.

지금 찾아가 봤자 좋은 꼴을 못 볼 게 뻔해서였다.

거기다 이번 일은 그 역시 크게 실망하기도 했고.

"그래, 알았다."

"편히 쉬십시오."

실망은 실망이고 아버지는 아버지였다.

더욱이 부족하고 못나 보여도 일가의 수장이었기에 팽무건은 깍듯하게 인사하고는 집무실을 나왔다.

그런 그의 귓가로 깊은 한숨 소리가 들려왔다.

팽나연이 떠났지만 달라진 건 없었다.

아침 일찍부터 관도들은 무공을 수련했고, 북궁혁과 모용천은 질리지도 않는지 대련을 계속했다.

그리고 그 주변으로 새끼 늑대들이 정신 사납게 뛰어다녔다.

"이게 다 뭐야?"

"관주님께 온 서신입니다."

석진호가 미간을 좁혔다.

책상 위를 가득 채우고 있는 종이 더미를 보자 머리가 아파 왔던 것이다.

"표국들이 보낸 건가?"

"그건 아닌 것 같습니다. 중원 곳곳의 무림 세가나 무문, 방파에서 보내왔습니다."

"표국이 아니라고?"

석진호가 고개를 갸웃거리며 맨 위에 있는 서신을 집었다.

이윽고 석진호의 두 눈이 빠르게 서신을 읽어 내려갔다.

"버릴 통을 가져올까요?"

정마륭이 조심스럽게 물었다.

시간이 갈수록 석진호의 표정이 썩어 들어가는 게 보여서였다.

그래서 정마륭은 침을 꿀꺽 삼키며 눈치를 살폈다.

"참, 나. 살다 살다 이런 건 또 처음 받아 보네."

장문의 서찰을 대충 접으며 석진호가 혀를 찼다.

구구절절하게 적혀 있었지만 내용은 아주 간단했다.

두 글자로 축약할 수 있었던 것이다.

"안 좋은 내용인가요? 저는 초대장이나 비무첩이 아닐까 생각했는데."

"전혀 아냐."

석진호가 단호히 고개를 저었다.

그러더니 두 번째 서신을 펼쳤다.

일단은 몇 개 더 읽어 볼 작정인 듯싶었다.

한데 읽으면 읽을수록 석진호의 표정은 기괴하게 변했다.

촤륵!

무인환생

두 번째, 세 번째 서찰 역시 상당히 두꺼웠다.

대충 봐도 상당히 긴 내용이 적혀 있을 것임을 예상할 수 있었다.

그런데 서찰을 읽는 속도는 차례가 지날수록 점차 빨라졌다.

탁!

"더 안 보시게요?"

"이 정도면 충분해."

석진호가 펼쳐 들고 있던 서신을 책상 위에 거칠게 내려놓았다.

더 이상은 볼 필요 없다는 듯이 말이다.

"무슨 내용인가요?"

"혼담."

"예?"

"나한테 직접 혼담이 들어왔네. 자기 딸이, 자기 제자가, 혹은 자기 손녀가 내 반쪽으로 아주 잘 어울릴 것 같다면서. 궁금하면 직접 봐 봐."

"제가 봐도 될까요?"

말은 그렇게 했지만 정마룡의 고개는 이미 대충 접혀 있는 서신 쪽으로 향했다.

어떤 내용이 적혀 있을지 내심 궁금했던 것이다.

"안 될 건 뭐야? 비밀스러운 내용이 적혀 있는 것도 아닌데. 다 비슷비슷해. 이름만 다르고."

"그럼 하나만 읽어 보겠습니다."

석진호의 허락에 정마룡이 두 눈을 초롱초롱 빛내며 가장 가까이에 있는 서찰 하나를 들었다.

제법 두툼한 서찰이었는데 석진호의 말마따나 글자만 많았지 실질적인 내용은 별거 없었다.

온갖 미사여구로 꾸며져 있었지만 요약하자면 방금 전 석진호가 말한 게 전부였다.

"내 말이 맞지?"

"예. 굳이 어려운 말들을 쓸 필요가 있을까 싶을 정도로 필요 없는 내용들이 많네요."

"그래야 있어 보이니까."

"팽나연 아가씨가 본가로 복귀한 게 벌써 사방에 알려진 모양입니다."

"그게 뭐 그리 대단하다고."

석진호는 어깨를 으쓱거렸다.

별것도 아닌 일에 사람들이 너무 크게 반응하는 것 같아서였다.

팽나연이 돌아갔다고 해서 석진호가 이들을 받아 줄 것도 아닌데.

"못 먹는 감 찔러나 보자는 심보 아니겠습니까."

"그렇겠지. 천이도 제법 받는 것 같던데."

武人還生
무인환생

"거의 매일 이만큼 옵니다."

"근데 마음은 딴 곳에 가 있잖아."

석진호가 턱을 쓰다듬었다.

그에게 말한 적은 없지만 석진호는 눈치껏 알고 있었다.

모용천이 가슴에 담아 둔 여인이 있다는 사실을 말이다.

누구인지는 아직 정확히 모르고 있었지만.

"누구일까요?"

"혁이는 알고 있는 것 같은데."

"제가 느끼기에도 그렇습니다."

"무림오화 중 하나일 것 같은데."

다섯 명의 여인이 괜히 무림오화라 불리는 게 아니었다.

다른 여인들과는 지니고 있는 미모의 격이 다르기에 다섯 송이의 꽃이라 불리는 것이었다.

"저는 다른 분일 수도 있다고 생각합니다. 개인의 취향은 다 다르니까요. 물론 무림오화 정도 되면 그 의미가 퇴색되기는 합니다만."

"그렇긴 하지."

개성이 다를 뿐 예쁜 건 마찬가지였다.

그리고 남자는 대체로 예쁘면 장땡이었다.

취향도 기본적으로 예쁜 다음에 가려지는 것이었고.

"저에게도 언젠가는 봄날이 오겠죠?"

"윤이가 먼저 오지 않을까 싶은데."

"너무하세요."

살짝 기대하는 눈빛으로 구겨져 있는 서찰들을 쳐다보던 정마룡이 울상을 지었다.

빈말은커녕 사실로 명치를 때리는 한마디에 정마룡은 고개를 숙였다.

"내 예상이 그렇다는 거고. 실제로는 얼마든지 달라질 수 있지. 윤이는 넘어야 할 산이 하나 있으니까."

"남자는 능력이라고 들었습니다."

"맞아. 그런데 꼭 능력만 보는 여자들이 있는 건 아니라서 말이지. 복합적으로 보는 여자들도 많으니까. 근데 지금은 여자를 생각할 때가 아닌 것 같은데."

"나가 보겠습니다!"

에둘러 말했으나 찰떡같이 알아들은 정마룡이 황급히 집무실을 나섰다.

정말 바람처럼 달려 나갔던 것이다.

"이것 좀 가져가라고 말하려고 했는데."

쌩하니 달려 나간 정마룡을 떠올리며 석진호가 실소를 흘렸다.

나가는 김에 이 서신들이나 불태워 버리라고 시킬 생각이었는데 말을 꺼내기도 전에 정마룡이 나가 버렸다.

"씁! 내가 태워 버릴 수밖에."

화르르륵!

武人還生
무인환생

석진호가 삼매진화를 일으켰다.

재가 날리는 게 싫어서 정마룡에게 시키려던 것이었는데 이미 나가 버려서 어쩔 수가 없었다.

그래서 석진호는 오른손으로 삼매진화를 일으켜 서신들을 불태우고는 왼손으로 바람을 일으켜 창문 밖으로 재를 날려 버렸다.

❖

투툭. 투두둑.

반쯤 열린 창문으로 빗소리가 들렸다.

오랜만에 비가 추적추적 내렸던 것이다.

그리고 그 사이로 아이들의 힘찬 기합 소리도 들렸다.

평소와 달리 오늘은 비를 맞으면서 수련했던 것이다.

"감기에 걸리지 말아야 할 텐데."

뜨끈한 김이 올라오는 벽라춘을 한 모금 들이켜며 당하린이 걱정스러운 표정을 지었다.

늘 맑은 날씨만 있을 리 없기에 비 오는 날의 수련이 필요하다는 건 알고 있지만 그래도 우려가 되었던 것이다.

다들 좁쌀만큼이나마 공력이 있기는 했지만 그래도 아직 성장기인 애들이 비를 맞아서 좋을 건 없었다.

"아직 한창때인데 뭐. 그리고 마룡이와 윤이가 무리하게

훈련시킬 리도 없고. 상태가 안 좋은 아이들은 알아서 들여
보내겠지.”

“그렇긴 하겠지만.”

“폭우가 쏟아지는 것도 아니고 이슬비보다 조금 더 강한
비가 내리는 건데, 저 정도는 당연히 견뎌 내야지. 극한의 상
황에서도 집중력을 잃지 않아야 하니까.”

“네가 말하니까 딱히 신용이 가지는 않네.”

당하린이 빙그레 웃었다.

어릴 적 비가 온다고, 축축하게 젖은 느낌이 싫다고 떼를
쓰던 광경이 떠올라서였다.

그때 당아린의 나이가 지금 밖에서 비를 맞으며 수련하고
있는 아이들과 비슷했었다.

“꼭 그렇게 꼬집어야겠어? 그냥 넘어가면 안 돼?”

“옛날 생각이 나서 말이야.”

“흥흥!”

당아린이 콧방귀를 뀌었다.

굳이 꺼내지 않아도 될 이야기를 꺼내는 게 심히 마음에
들지 않았다.

‘그나저나 팽 가주를 쓰러뜨릴 정도라니.’

처마를 규칙적으로 두들기는 빗소리를 들으며 당아린이
얼마 전 일을 떠올렸다.

말도 안 되는 무위를 선보이며 팽진극을 몰아붙이던 석진

武人還生
무인환생

호의 모습을 말이다.

'대단한 실력자라는 건 알았지만, 그 정도였을 줄이야.'

당아린이 자기도 모르게 몸을 떨었다.

하북제일도라 불리는, 오대세가 중 한 곳인 하북팽가의 주인을 쓰러뜨릴 정도의 실력자에게 자신이 이러쿵저러쿵 떠들었다는 게 갑자기 부끄러워졌던 것이다.

자기 딴에는 조언을 해 준 것이지만 듣는 석진호가 기가 찼을 터였다. 거기까지 생각이 닿자 당아린의 얼굴이 터질 것처럼 붉어졌다.

'내가 미쳤지! 미쳤어!'

철이 없다는 건 그녀 스스로도 알고 있었다.

괜히 말괄량이, 왈가닥으로 불리는 게 아니라는 것도.

하지만 이번 일은 도가 지나쳤다.

'근데 내가 그 정도로 강할 줄 알았냐고!'

당아린은 문득 억울하다는 생각이 들었다.

자신이 그런 말을 한 건 다 석진호의 진짜 실력을 몰라서였다.

만약 알고 있었다면, 미리 밝혔다면 절대 그딴 망발은 하지 않았을 것이다.

"무슨 생각을 하는데 표정이 그렇게 시시각각 바뀌어?"

"그, 그냥 이런저런?"

"팽 가주님이 왔을 때 생각하는 거야?"

"어떻게 알았어?"

당아린이 화들짝 놀랐다.

마치 당하린이 속을 꿰뚫어 본 것 같아서였다.

"너랑 나랑 쌍둥이잖아. 딱 보면 느낌이 오지."

"근데 난 왜 그게 안 되지?"

"아직 어리니까."

"우리 동갑이거든."

당아린이 도끼눈을 떴다.

하지만 그런 그녀의 표독스러운 눈빛에도 당하린은 빙그
레 웃었다.

"육체적인 나이는 같을지 몰라도 정신연령은 다르지."

"뭐래. 정신연령도 별 차이 안 나거든!"

"다른 사람들 생각은 다를걸."

당하린이 의미심장하게 웃었다.

굳이 물어보지 않아도 여동생을 어찌 생각하는지 그녀는
짐작할 수 있어서였다.

"나연 언니가 떠났다고 너무 마음 놓고 있는 거 아냐? 마
륭에게 듣기로 관주님께 혼담이 어마어마하게 들어오고 있
다는데."

"알고 있어."

"언니도 안심할 수 없어. 적어도 내가 보기에는."

"그렇긴 한데, 나연 언니랑 나는 상황이 많이 다르니까. 일

무인환생

단 아버지께서도 나와 같은 생각이고."

도와주기는커녕 소금을 왕창 뿌린 팽진극과 달리 당군성은 그녀를 전적으로 응원하고 있었다.

진즉부터 석진호의 가치를 알아보고는 전폭적인 지지를 보내 주었던 것이다.

그런 만큼 당하린은 팽나연과 같은 꼴은 당하지 않을 거라 생각했다.

"흐음, 그래도 마음을 놓고 있을 때가 아니라고 생각하는데."

"내 생각은 달라. 괜히 지금 더 다가갔다가 나연 언니처럼 밀려날 수도 있어. 지금은 얌전히 있어야 해. 평소 하던 일을 하면서."

"아주머니랑 어울리면서?"

"그것도 중요하지."

여우가 따로 없는 언니의 모습에 당아린이 고개를 저었다.

이럴 때 보면 정말 겉모습과는 완전히 다른 것 같아서였다. 내숭에도 경지가 있다면 당하린은 초절정은 가뿐히 넘을 터였다.

정오가 다 되어 가는 시각에 석가장의 정문이 부산스러웠다. 평소에도 늘 인산인해를 이루는 곳이 석가장이었지만 오늘은 그 정도가 심했다. 심지어 하인들, 하녀들이 대거 모여 정문을 청소하고 있었다.

"금의환향이네, 금의환향이야."

"천룡검이라 불릴 정도면 충분히 금의환향이라 할 수 있지. 그 대단하다는 육룡보다도 더욱 뛰어나다는데."

"대체 무슨 기연을 얻었기에 하루아침에 사람이 달라졌을까."

"사공자도 사공자지만 진짜 하루아침에 대박을 맞은 건 세 사람이지."

하인들, 하녀들이 숙덕거렸다.

그런 그들의 얼굴에는 부러움이 진득하니 서려 있었다.

다시 한번 줄을 잘 서야 인생이 달라진다는 걸 확인할 수 있어서였다.

"맞아. 대박은 그 세 명이지."

"그중 초대박은 마륭이고. 유모와 탁윤이야 원래부터 사공자를 모셨으니까. 근데 정마륭은 약삭빠르게 움직여서 황금 동아줄을 잡았지."

"어후! 그걸 내가 잡았어야 했는데!"

비질을 하다 말고 하인이 가슴을 탕탕 두드렸다.

정마륭 또래의 청년이었는데, 생각할수록 아깝다는 듯이 얼굴을 있는 대로 찡그렸다.

무인환생

"찾아간다고 해서 다 받아 준 거 아니라던데? 퇴짜 맞은 이들이 수두룩하다고 하더라."

"그래도 시도는 해 봐야지! 사공자님이 받아 주실지도 모르는데!"

"뭐가 이렇게 시끄러워?"

하인들, 하녀들이 수군거릴 때 정문으로 일단의 무리가 다가왔다.

황금색 경장을 차려입은 석진룡이 측근들을 대동하고서 모습을 드러냈던 것이다.

"죄, 죄송합니다!"

"헛소리들 하지 말고 시킨 일이나 제대로 해. 괜히 손님들에게 이상한 말 들리지 않게."

"예!"

싸늘한 석진룡의 일갈에 하인들, 하녀들이 황급히 대답하며 사방으로 흩어졌다.

방금 전보다 몇 배는 빨라진 속도로 주변을 정리하기 시작했던 것이다.

하지만 이미 그들이 나눈 대화는 줄을 서서 기다리던 이들에게 전부 전해진 뒤였다.

"떠나간 놈 오는 게 뭐 그리 대수라고."

"대수지. 적어도 아버지 입장에서는. 게다가 진호 혼자 오는 것도 아니고. 사천당가의 금지옥엽 둘에 북해빙궁의 소궁주, 거기다 모용세가의 후예가 함께 오는데 이게 보통 큰일이야?"

"……석미룡."

과거 문전 박대를 당하던 일이 떠올라서인지, 아니면 그냥 석진호의 방문이 싫은 건지 얼굴을 잔뜩 일그러뜨리고 있던 석진룡이 등 뒤에서 들려오는 음성에 고개를 돌렸다.

그러자 지낭이자 심복이라 할 수 있는 문적현과 함께 걸어오는 석미룡의 모습을 볼 수 있었다.

"나가 있으려고? 그래 준다면야 나는 좋은데."

"청소 상태를 확인하러 나와 본 것뿐이다."

"큰오빠가? 언제부터 그렇게 세심하게 손님 맞을 준비를 했다고?"

대놓고 비아냥거리는 석미룡의 모습에 석진룡의 눈초리가 매서워졌다.

하지만 그런 석진룡의 표정에도 석미룡은 기죽지 않았다.

예전과 달라진 건 석진호만이 아니었기 때문이다.

지금 그녀의 위상은 석진룡과 크게 차이 나지 않았다.

"말을 좀 가려서 했으면 싶은데."

"가릴 말이 있나? 내가 욕을 하거나 막말을 한 것도 아닌데."

찌릿!

석진룡의 눈빛이 더욱 날카로워졌다.

무인환생

그러나 석미룡은 그 눈빛을 담담히 받아넘겼다.

예전이었다면 한 발 물러났겠지만 지금은 아니었다.

오히려 눈에 더욱 힘을 주었다.

"둘 다 그만하지. 손님들 앞에서 무슨 추태야."

"너야말로 여긴 무슨 일이지?"

"아버지께서 가 보라고 하셔서. 근데 내가 굳이 왔을 필요
는 없을 것 같네."

둘째인 석기룡이 어깨를 으쓱거리며 대답했다.

그런 그의 뒤로는 측근들이 우르르 모여 있었다.

석진룡, 석미룡과 마찬가지로 그 역시 수하들과 함께 정문
에 나왔던 것이다.

"이럴 줄 알았으면 가주님께 미리 말씀을 드릴걸. 나 혼자
마중 나와도 충분한데."

"요즘 너무 기세등등한 거 아냐? 높이 올라온 만큼 떨어지
는 폭도 크다는 것을 좀 알았으면 좋겠는데."

"걱정해 줘서 고마워, 작은오빠. 근데 내 일은 내가 알아서
할게."

"흥."

생글거리며 맞받아치는 석미룡의 모습에 석기룡이 코웃음
을 쳤다. 하지만 그런 그의 모습에도 석미룡은 눈 하나 깜빡
이지 않았다.

"옵니다!"

그때 하인 하나가 소리쳤다.

펄럭이는 깃발에 수놓여 있는 승천(昇天)이라는 두 글자를 보고 마차의 주인이 누구인지 단박에 알아차린 것이었다.

그런데 마차는 한 대가 아니었다.

무려 세 대의 사두마차가 일렬로 우르르 다가왔다.

"워워! 오랜만에 뵙습니다, 아가씨."

"이야~! 이제는 제법 능숙한데?"

"열심히 연습했거든요. 저도 그렇고, 윤이도 그렇고."

"안녕하세요."

석진룡, 석기룡 형제가 있었지만 아무래도 두 사람에게 편한 건 석미룡이었다.

그렇기에 정마룡과 탁윤은 그녀에게 먼저 인사한 후 석진룡, 석기룡에게도 고개를 숙였다.

물론 둘의 인사를 두 형제는 건성으로 받아 주었다.

누가 봐도 불편하다는 표정으로 대충 고개만 까딱였던 것이다.

"윤이도 오랜만. 근데 내 동생은 도착했는데 얼굴도 안 보여 주는 거야? 애정이 식어도 너무 식은 거 같은데?"

"헛소리 그만하고 비켜. 볼일만 보고 갈 거니까."

"안 그래도 네가 그런 말 할 줄 알고 계신 모양이더라. 가주님이 너 도착하면 바로 데려오랬어."

"흐음."

무인환생

창문 사이로 얼굴만 살짝 내민 석진호가 못마땅한 표정을 지었다.

석가장에 오기는 했으나 그렇다고 부친을 꼭 만나야 한다는 생각은 없어서였다.

애초에 볼일만 보고 갈 생각으로 오기도 했고.

"인사는 드리는 게 도리이지 않겠어? 생일연 때도 안 왔잖아, 너. 할아버지 생신 때도 마찬가지고. 두 번 다 너에게 연통을 보낸 걸로 아는데."

"그런 걸 챙길 사이는 아니지."

"나는 그래도 온 김에 인사는 드리는 게 맞다고 봐. 너한테는 어머니지만 아버지한테는 부인이었으니까."

"정확하게는 첩실이었지."

석진호가 작년에 이어 올해도 석가장을 찾은 이유는 오직한 가지 때문이었다.

돌아가신 어머니의 기일을 맞아서 온 것이었다.

더불어 묘지를 이장할 계획이었기에 석진호는 따로 마차도 한 대 더 준비했다.

승천무관의 북쪽에 조그마한 사당을 만들어 어머니를 모실 생각인 것이다.

"부인인 건 마찬가지야."

"어쨌든 알았어. 고민해 볼게."

"마주치기 싫다는 말로 들리는데."

석미룡은 더 이상 강요하지 않았다.

자신이 강요한다고 해서 따라 줄 석진호가 아니라는 걸 너무나 잘 알아서였다.

애초에 그녀는 전달자의 입장이기도 했고.

"문을 열어라!"

두 사람의 대화가 끝난 듯해 보이자 하인들이 우르르 물러났다.

마차가 지나갈 길을 터 준 것이었다.

이윽고 석진호가 타고 있는 마차를 위시로 뒤따르던 두 대의 마차가 석가장 안으로 들어갔다.

"사천당가의 여식들도 왔겠지?"

"부럽다. 고수가 되니 강호의 여인들이 알아서 붙는구나."

"도화에게 퇴짜를 놓았다고 하니까."

점점 멀어지는 마차를 보며 하인들이 쑥덕거렸다.

그리고 그중에는 석진룡도 있었다.

질투가 가득한 눈빛으로 석진호가 타고 있는 마차를 노려봤던 것이다.

"너무 날 세우는 거 아냐, 형?"

"시끄럽다."

"굳이 적으로 만들 필요는 없다고 생각하는데. 진호는 우리 경쟁자가 아니라고. 오히려 친해져야 하는 쪽이지."

"네 생각은 그렇겠지."

武人還生
무인환생

퉁명스럽게 대꾸한 석진룡이 몸을 돌렸다.

석진호가 도착한 마당에 굳이 여기에 있을 필요는 없어서 였다.

"뭐, 형이 그래 줄수록 나는 좋지만."

멀어지는 석진룡을 쳐다보며 석기룡이 혀로 입술을 핥았 다. 오늘 하루 종일 시달릴 석진룡의 측근들에게 명복을 빌 어 주면서 말이다.

속이 좁고 능력도 부족하지만 그래도 자기 사람들은 확실 하게 챙겨 주기에 아직까지 석진룡의 기반은 견고했다.

그러나 그것만으로는 석가장주에 오를 수 없었다.

'가장 좋은 건 두 사람이 치고받고 싸우는 건데 말이지.'

석기룡의 입장에서는 석진룡과 석미룡이 눈이 뒤집어져서 전력으로 싸우는 것이 가장 좋았다.

그러면 자연스레 그는 어부지리를 얻을 수 있을 테니까.

하지만 그와 같은 생각을 두 사람이 하지 못할 리가 없었다.

아마 그와 똑같은 생각을 하고 있을 터였다.

'뭐, 내 입장에서는 미룡이가 커 줘서 좋으면 좋았지 나쁘 지는 않지만.'

재작년까지만 하더라도 후계 다툼은 그와 석진룡의 싸움 이었다.

절대적인 양강 구도였다고나 할까.

그런데 석진호가 존재감을 드러내면서, 그리고 그런 석진호와 좋은 관계를 맺으면서 석미룡이 무섭게 치고 올라왔다.

현재는 셋이서 균형을 이룰 정도로 말이다.

'제일 좋은 건 진호 녀석을 내 휘하로 끌어들이는 건데……'

석기룡이 미간을 좁혔다.

생각대로만 된다면 정말 좋겠으나 그럴 가능성이 희박하다는 걸 잘 알아서였다.

애초에 누구 밑으로 들어갈 녀석이었으면 석가장을 나서지 않았을 테고, 이미 진즉에 석미룡과 손을 잡았을 터였다.

게다가 지금의 석진호는 부친이라고 해도 쉽게 대할 수 없을 정도의 거물이 되었다.

"난놈이라니까. 불과 삼 년도 안 되는 사이에 저렇게나 컸다니."

석기룡은 한편으로 다행이라는 생각이 들었다.

만약 석진호가 무재가 아닌 상재가 있었다면 평생을 겨루어야 했을 터였다.

그렇게 생각하면 차라리 지금이 나았다.

더불어 앞으로 어떻게 해야 하는지도.

"가자."

"예."

절대 각을 세우면 안 된다고 생각하며 석기룡도 몸을 돌렸다. 자신까지 각을 세우면 석미룡에게만 좋은 일이었기에 석기룡은 어떻게 친분을 다질까 고민하며 자신의 집무실로 향

무인환생

했다.

정확히 일 년 만에 석가장을 다시 찾은 소하정은 어안이
벙벙한 표정을 지었다.

작년과는 모든 게 너무나 달라져서였다.

오랜만에 방문했음에도 데면데면하게 대했던 작년과 달리
올해는 그녀에게 수많은 이들이 모여들었다.

그것도 예전과는 달리 하나같이 친한 척을 하면서 말이다.

"객잔 주인이 되었다며?"

"이름도 자기 이름에서 따왔다던데?"

과거 석가장에서 머물 때, 그러니까 석진호의 유모로 지낼
때는 갖은 무시와 막말을 해 댔던 이들이 갑자기 표정을 싹
바꿔 친근한 척을 하는 모습에 소하정은 헛웃음을 흘렸다.

이런 게 권력인가 싶어서였다.

하지만 우쭐해지기보다는 억지로 웃고 있는 것처럼 보여
안쓰러운 마음이 들었다.

이제 와서 과거의 복수를 하는 것도 우스웠고.

'과거는 과거이니까.'

장주의 인정을 받지 못하는 서출을 모시며 온갖 괄시와 멸
시를 당했었다. 상하기 직전 상태의 식재료를 배급받은 건
예사였고, 그 외의 자잘한 것들을 배급받을 때도 차별이 있
었다.

좋은 물건은 전부 직계에게로 향했고, 그 밑의 것들 중에서도 소하정이 받을 수 있는 건 최악의 것들이었다.

그렇다 보니 자연스레 요리 실력이나 자질구레한 능력들이 좋아질 수밖에 없었다.

"어머, 이 피부 좀 봐. 요새 뭘 먹기에 피부가 이렇게 좋아진 거야?"

"우리한테도 좀 알려 줘! 혼자만 먹지 말고."

"누가 보면 회춘한 걸로 알겠다."

"이제 남자만 있으면 되겠어!"

순식간에 모여들어 알랑방귀를 뀌어 대는 하녀들의 모습에 소하정은 어색하게 웃으며 상대해 주었다.

하지만 친절하게 대하기는 해도 선은 딱 그었다.

앙금은 옅어졌다고 하나 그 자리에 남은 흉터마저 사라진 것은 아니었기 때문이다.

"소개 좀 시켜 줄까? 내 주위에 괜찮은 남자들이 좀 있는데."

"너만 있어? 나도 있어!"

"어떤 남자 좋아해? 말만 해!"

"혹시 무관주님께서 사람이 필요하다는 말은 없으셔? 정식 관도들을 꽤 많이 받으셨다고 들었는데."

소하정을 중심에 두고 온갖 말이 폭포수처럼 쏟아졌다.

그러나 그건 시작에 불과했다.

武人還生
무인환생

또래이거나 나이 많은 하녀들의 뒤에는 젊은 축에 들어가는 하녀들 역시 꽤나 모여 있었다.

석가장에서 지낼 당시 오며 가며 마주쳤던 이들이 죄다 기웃거렸던 것이다.

"남자는 아직 생각 없어요. 애초에 혼인하고 싶다는 생각을 한 적도 없고. 일손은 지금도 충분하고요."

"그래도 있으면 좋지 않을까? 자기는 쉬엄쉬엄해도 되잖아, 이제. 객잔도 떡하니 있겠다, 앞으로는 누리면서 살아야지."

"맞아, 맞아!"

누가 봐도 성깔 좀 있어 보이는 강한 인상의 중년 여인의 말에 여기저기에서 맞장구치는 소리가 들려왔다.

그러면서 잔뜩 기대한 표정으로 소하정을 쳐다봤다.

"하정이도 알잖아, 내가 요리는 기가 막히게 잘하는 거. 예전부터 손맛 있다고 유명했잖아."

"도련님 식사는 제가 챙기고 있고, 도와주는 아이도 있어요. 관도들은 객잔에서 음식을 가져오고요."

"과수원이랑 목장도 꽤나 크게 운영한다고 들었는데."

소하정이 속으로 피식 웃었다.

따로 알아보기라도 한 건지 승천무관의 속사정을 너무 잘 알고 있는 것 같아서였다.

"걱정 안 하셔도 돼요. 일은 관도들이 도와주고 있거든요."

"그래도 혹시 일손이 필요하면 언제라도 말해 줘. 나는 언제라도 달려갈 수 있어!"

"나도, 나도! 무관주님이 황화현에 자리 잡으시고 나서 마을 자체가 달라졌다고 들었어. 정말 살기 좋아졌다고."

"황화현 인근에서 넘어가는 사람도 많다고 들었어."

예전에는 말 한마디 섞으려고 하지도 않던 이들이 이제는 어떻게든 한마디라도 더 섞어 보려는 모습에 소하정은 영업용 미소를 지으며 적당히 상대해 주었다.

하지만 은근슬쩍 해 오는 청탁은 칼같이 쳐 냈다.

일손이 필요하지도 않을뿐더러, 설사 필요하다고 하더라도 석가장에서 사람을 빼 올 생각은 없었다.

'나도 예전의 내가 아니니까.'

아무것도 모르던, 석가장 안의 세계만이 전부인 줄 알고 살았던 소하정은 더 이상 없었다.

그렇기에 그녀는 적당히 상대해 주며 몸을 돌렸다.

애초에 그녀가 이곳에 온 이유는 자신의 달라진 위치를 확인하기 위해서가 아니었다.

석가장에서 지낼 당시 알게 모르게 자신을 챙겨 주던 이들에게 인사하기 위해서였다.

"이만 가 볼게요."

"어? 우리 차라도 한잔하자!"

"이대로는 너무 아쉬운데……!"

빙긋 웃으며 자연스럽게 사람들 사이로 빠져나가는 소하

武人還生
무인환생

정을 향해 몇몇 여인들이 다급하게 손을 뻗었다.

하지만 소하정은 못 들은 척 그대로 몸을 내뺐다.

냐아옹!

"그래도 네가 있어서 참 다행이야, 흑휘야."

여자들 무리에서 빠져나오기 무섭게 어깨 위로 올라타는 흑휘를 향해 소하정이 하소연하듯 말했다.

그러자 흑휘가 위로해 주듯 그녀의 볼을 핥았다.

특유의 까끌까끌한 감촉으로 말이다.

냐옹.

"온 김에 전에 머물던 처소에 가 볼까? 새 주인이 있을 수도 있지만, 밖에서 둘러보는 건 가능하니까."

힘든 기억이 대부분인 곳이었지만 좋은 추억도 꽤나 많았다.

그렇기에 소하정이 밝은 목소리로 말했다. 흑휘 역시 그리 긴 시간은 아니지만 옛 처소에서 지내기도 했고.

그릉.

하지만 살짝 들뜬 소하정과 달리 흑휘는 시큰둥한 표정이었다. 가든 말든 크게 상관없다는 듯이 앞발을 핥았다.

옛 처소보다 자신의 몸단장이 더 중요하다고 말하는 것처럼 말이다. 그런데 그 모습에 소하정은 방긋 웃었다.

"으휴, 이럴 때 보면 도련님을 쏙 빼닮았다니까."

관심 없는 것에는 일절 시선도 주지 않는 게 딱 석진호였다.

그래서 소하정은 짓궂게 웃으며 흑휘의 볼살을 잡아당겼다.

야옹!

쭉 늘어나는 자신의 볼살에 흑휘가 소하정을 째려봤다.

하지 말라는 무언의 강요였다.

그러나 정마룡에게 하는 것처럼 앞발로 할퀴지는 않았다.

석진호에게 받은 명령을 분명하게 기억하고 있기에 흑휘는 으르렁거리기만 했다.

"석랑이도 같이 왔으면 좋았을 텐데. 근데 이제는 제법 커서 데리고 다니기가 힘드니."

한 마리라면 크게 문제가 되지 않았다.

같이 온 당아린은 이제 거의 성체가 된 미호를 데리고 오기도 했고. 다만 문제는 석랑이 한 마리만 데리고 올 수 없다는 점이었다.

늑대 삼 형제를 위시로 자식들 대부분이 따라 나설 것이기에 아쉽지만 데리고 올 수 없었다.

"얼른 일 마치고 돌아가야겠다."

말을 잘 듣고 사람들을 먼저 공격하지 않는다는 걸 잘 알지만 다른 사람들에게는 다를 터였다. 지금이야 황화현의 명물이 된 늑대들이지만 처음 보는 사람들에게는 공포스러울 터였다. 아비를 닮아 새끼들도 거의 송아지만 한 크기였으니까.

그래서 승천무관에 놔두고 올 수밖에 없었는데, 흑휘를 보자 석랑이가 보고 싶어졌다.

무인환생

한편 사정은 정마룡과 탁윤도 다르지 않았다.

인부들을 직접 인솔해서 묘지 이장을 감독하고 있는 그들에게로 과거 같이 하인 생활을 하던 이들이 우르르 몰려왔다.

은연중에 오랑캐라 불렸기에 친한 이가 드문 탁윤과 달리 정마룡은 마당발이라는 별명이 있을 정도로 알고 지내는 이들이 많았다.

그래서인지 정마룡이 선산으로 사용하는 산에 도착하기 무섭게 하인들이 바글바글하게 모였다.

"이야! 이제는 예전처럼 편히 말해도 되는지 물어봐야 할 것 같은데?"

"이제 막 우리 모른 척하고 그러려나?"

"무복 멋지다. 우리는 여전히 추레한 몰골인데 마룡이는 완전 달라졌네."

"인생 역전이다, 진짜!"

"하하하하."

쉴 새 없이 쏟아지는 말들에 정마룡이 어색하게 웃었다.

이런 관심이 이제는 익숙해질 법도 했지만 이상하게 적응이 되지 않아서였다.

"무공 교두가 되었다며?"

"예."

"무림오화도 찾아왔다던데. 진짜 그렇게 예뻐?"

"어마어마합니다."

"우와!"

여기저기에서 탄성이 터져 나왔다.

그런 그들의 눈동자에는 부러움이 짙게 서려 있었다.

석가장도 중원에서 나름 방귀깨나 뀌는 곳이었지만 그건 높으신 분들의 이야기였다.

때문에 청년들은 진심으로 부럽다는 표정을 지었다.

"비켜 봐, 좀!"

"아, 뭐야!"

그때 다른 하인들보다 머리 하나는 큰 사내가 주위를 밀며 파고들었다.

막무가내로 정마룡 주위를 거칠게 밀어냈던 것이다.

그 손길에 몇몇이 소리를 질렀으나 정작 당사자는 아무렇지 않은 얼굴로 정마룡의 앞에 섰다.

"하하! 오랜만이지?"

"그러네요."

"소식은 간간이 듣고 있다. 너에게 관심 있는 녀석들이 많더라고."

"그렇습니까."

정마룡이 떨떠름한 표정을 지었다.

석가장에서 하인으로 생활할 당시 그에게 헛된 꿈 꾸지 말라며, 송충이는 솔잎을 먹고 살아야 한다며 충고 아닌 충고를 했던 이가 바로 눈앞에 서 있는 장한이었다.

무인환생

그것 말고도 익히고 있는 운기토납법이 제대로 된 게 맞냐며 시비를 걸고 때린 적도 있었다.

"석풍표국에서 일하는 친구 말로는 네가 당장 석풍표국에 지원해도 일급 표사는 바로 될 수 있다고 하더라고."

"이, 일급 표사?"

"그럼 강호의 일류 무사 수준이라는 거잖아?"

"대박!"

일급 표사라는 네 글자가 주는 무게감이 상당한지 여기저기에서 호들갑을 떨었다.

그리고 그 끝에는 정마룡이 있었다.

다들 욕심이 깃든 눈빛으로 정마룡을 쳐다봤던 것이다.

재능이 없다던 정마룡이 일류 무사가 되었으니 자신도 가능할 거라고 생각하는 게 두 눈에 훤히 보였다.

게다가 정마룡의 곁에는 석진호가 있었다.

통곡의 벽이라 불리는 절정의 벽을 누구보다 잘 넘을 수 있게 도와주는 최고의 능력자가 말이다.

거기까지 생각이 닿자 하인들의 눈빛이 더욱 뜨거워졌다.

일단 초일류까지 어떻게든 오르면 절정까지는 무난히 닿을 수 있다는 생각을 한 것이다.

"석풍표국에 지원할 생각은 없습니다."

"당연히 그렇겠지. 석풍표국이 업계 일 위인 건 사실이지만 지금 들어간다고 해도 오를 수 있는 직급에는 한계가 있으니까. 그럴 바에는 차라리 천룡검이라 불리는 무관주님 곁에 남아 있는 게 훨씬 낫지. 육룡도 씹어 드신 실력자가 사공 자님이신데."

"꼭 그런 이유 때문은 아닙니다만."

정마륭이 적당히 선을 그었다.

지금이야 장한이 힘을 쓰면 마찬가지로 힘을 이용해 찍어 누를 자신이 있었다.

하지만 그럴 경우 석진호의 이름에 누가 될 수도 있기에 정마륭은 참았다.

분명한 명분이 있지 않은 한 무공을 쓸 생각은 없었다.

"그래서 말인데, 혹시 자리 하나 남는 거 없어? 아니면 네가 좀 소개를 해 주면 안 될까?"

"소개요?"

정마륭이 두 눈을 껌뻑거렸다.

이 무슨 생뚱맞은 소리인가 싶었던 것이다.

하지만 장한은 진지했다.

그는 과거 자신이 했던 짓은 까맣게 잊어버린 모양인지 비굴한 표정을 지으며 말을 이었다.

"응. 나도 무공을 배우고 싶어서. 나이가 중요하기는 하지만 절대적인 건 아니잖아."

꿀꺽!

말은 장한이 꺼냈는데 기대하는 건 주위에 모여 있는 이들

무인환생

이 다 똑같았다.

장한이 운을 띄웠으니 정마룡이 허락한다면 자신들에게도 기회가 있지 않을까 싶어서였다.

은근슬쩍 숟가락 하나 얹는 것 정도는 일도 아니었으니까.

"죄송하지만 저에게는 그 정도의 발언권이 없어서요."

"무관주님이 널 엄청 아끼신다며. 말 정도는 해 볼 수 있지 않아? 아니면 윤이와 함께 말해도 좋고."

"죄송합니다."

정마룡은 정중히 거절했다.

실제로 발언권이 없기도 하거니와 있다고 해도 장한을 위해서 그러고 싶은 마음은 눈곱만큼도 없어서였다.

게다가 평판이 안 좋기도 했고.

"너무하는 거 아냐? 같이 일한 사이인데 그 정도는 물어봐 줄 수도 있잖아? 우리가 하루 이틀 본 사이도 아닌데."

인내심이 바닥난 건지, 아니면 더 이상 가식을 떨 필요를 느끼지 못한 건지 장한이 얼굴을 있는 대로 일그러뜨렸다.

과거 하인이던 시절, 별 볼 일 없던 시절의 정마룡을 대하듯 강압적인 어조로 따지듯이 말했다.

하지만 그 기색은 창졸간에 사라졌다.

정마룡의 얼굴은 웃고 있었으나 몸에서 흘러나오는 기세는 결코 온순하지 않아서였다.

"그렇다고 친한 사이도 아니죠."

"미, 미안!"

자기도 모르게 습관적으로 성질을 부리던 장한이 곧바로 표정을 바꿨다.

지금의 자신은 정마룡에게 있어 한낱 벌레와 다르지 않다는 걸 잘 알아서였다.

이처럼 편하게 대할 수 있는 것도 정마룡이 받아 줘서 가능한 것이지 그렇지 않았다면 이렇게 마주 보고 대화하지도 못했을 터였다.

"예의는 지켜 주셨으면 좋겠습니다. 제가 지키는 것처럼요."

"며, 명심하마."

섬뜩할 정도로 무섭게 짓누르던 압박감이 한순간에 사라졌다.

정마룡이 기세를 거둔 것이다.

그러자 곳곳에서 숨통이 트인 듯한 소리가 들려왔다.

"마룡 형!"

몰려 있던 하인들이 경직되어 있는 틈을 타 정마룡이 빠져나왔다.

그런데 이번에는 어린아이들이 정마룡에게 달려들었다.

형들과 삼촌, 아저씨들로 인해 눈치만 보다가 정마룡이 빠져나오자 귀신같이 모여든 것이었다.

"녀석들. 잘 지냈어?"

"저희야 매일 똑같죠. 그래도 형 소식은 잘 듣고 있어요!"

무인환생

"다음번 관도 모집 때는 저도 갈 거예요!"

"저도요!"

악을 쓰듯 소리치는 아이들의 모습에 정마룡이 피식 웃었다. 어째 승천무관에 있는 아이들과 비슷한 느낌이 들어서였다. 선망 어린 눈으로 자신을 쳐다보는 것도 빼다 박은 듯했고 말이다.

"우리 무관에 대한 소문을 들었으면 훈련량에 대해서도 들었겠지? 첫날 토악질 안 한 아이가 없고, 멀쩡히 서 있는 녀석도 없었어."

"대신 강해질 수 있잖아요!"

"강호 고수가 될 수 있다면 그 정도는 당연하죠!"

"저희는 기회가 고프다고요!"

이제 열 살 남짓해 보이는 아이가 기회 타령하는 모습에 정마룡은 자기도 모르게 헛웃음이 나왔다.

기회 운운하는 게 어이가 없었던 것이다.

하지만 한편으로는 이해가 가기도 했다.

대개 어려운 가정 형편의 아이들은 철이 빨리 드는 편이었으니까.

'딱 두 가지 부류지. 포기하고 막 살거나, 아니면 악착같이 버티고 또 버티며 기회를 기다리거나.'

정마룡의 경우 후자였다.

모두가 글렀다고, 포기하라고 했음에도 그는 포기하지 않았다.

남들의 말이 아니라 자기 자신의 말을 따르고 싶어서였다.

스스로가 포기하기 전까지는 포기하지 않았고, 결과적으로 정마룡은 꿈을 이뤄 가고 있었다.

'기적은 존재하는 법이니까.'

괜히 어른들이 좋은 생각을 하고 세상을 밝게 보라고 말하는 게 아니었다.

부정적인 생각만 해서는 달라지는 게 없었다.

그저 계속해서 나락으로 떨어질 뿐이었다.

때문에 정마룡은 아이들에게 자신이 지금까지 느끼고 보아 온 것들을 이해하기 쉽게 말해 주었다.

"하지만 역시 인생은 인맥이죠!"

"괜히 혈연, 지연이라는 말이 있는 게 아니죠!"

"이 녀석들."

조금이라도 도움을 주고자 진실 어린 조언을 하려 했던 정마룡이 순간 실소를 흘렸다.

저리 말하는 순간 충고나 조언은 의미가 없어서였다.

"다음 모집에 찾아가면 모른 척하지 마세요!"

"저희 다 함께 지원하기로 했으니까요!"

"이번에는 절대 놓치지 않을 거예요! 부모님 허락도 다 받아 놨어요."

한마디를 하기 힘들 정도로 속사포처럼 쏟아 내는 아이들의 말에 정마룡은 결국 고개를 저었다.

그러고는 작업 현황을 살폈다.

인부들이 제대로 일을 하고 있나 확인했던 것이다.

"소궁주님이 늦지 않게 와 주셔야 할 텐데."

이번 묘지 이장에 가장 큰 역할을 담당하는 사람이 북궁혁이었다.

그의 빙공이 반드시 필요했기에 정마룡이 중얼거렸다.

"소궁주라면 북해빙궁의 북궁 공자님을 말씀하시는 거죠?"

"만나 보고 싶다."

"중원인은 북해빙궁의 제자가 될 수 없나?"

"그럼 난 모용세가! 개국공신이 되는 거지!"

자연스럽게 삼천포로 빠져드는 대화에 정마룡은 아예 무시했다.

자신이 무슨 말을 해도 결국에는 자기들이 하고 싶은 말만 할 게 분명해서였다.

그래도 승천무관의 아이들은 통제가 되었는데 여기는 전혀 아니었다.

"모용 가주님이 받아 주기는 한대?"

"시도도 안 해 보고 포기하는 건 패배자들이나 하는 짓이지!"

"그럼 나도!"

"좋아! 같이 가는 거다!"

정마룡이 고개를 절레절레 저었다.

들을수록 가관이었던 것이다.

근데 탁윤의 사정도 그와 크게 다르지는 않았다.

숫자는 적었지만 그래도 아이들 몇몇이 탁윤을 둘러싸고 있었다.

부자지간 사이이지만 방 안의 분위기는 무거웠다.

짧은 인사를 끝으로 석진호가 말없이 차만 들이켰던 것이다.

"이번에 어렵게 구한 용정차인데, 어떠냐?"

"좋군요."

"황실에 진상하던 차다. 나조차도 쉽게 마실 수 있는 차가 아니지."

"그렇습니까."

석진호가 짧게 대답했다.

용정차가 고급 차라고 하나 그에게는 딱히 특별하지 않았다. 이보다 더 뛰어난 차도 많이 마셔 봤기에 석진호는 덤덤히 찻잔을 내려놓았다.

"꼭 그렇게까지 해야 했느냐? 일 년에 한 번 정도는 찾아올 수도 있지 않느냐. 거리가 먼 것도 아니고."

"어머니 제사는 제가 직접 챙기고 싶어서요. 기일 때만 찾아뵙는 건 좀 아닌 것 같아서. 자식이 저밖에 없기도 하고."

"본장에는 사람이 많다."

"그러나 가족은 없지요."

"……."

석진호가 딱 잘라 말했다.

선산을 관리하는 묘지기가 있기는 했지만 엄밀히 따지면 가족은 아니었다. 남편이었던 석명일도 딱히 신경 쓰지 않는 편이었고 말이다.

"해서 제가 챙기겠다는 겁니다."

"알지. 혈육이 너밖에 없다는 걸 알기에 나도 허락을 한 것이고. 그런데 아직도 좀 고민이 되기는 한다. 허락하지 않으면 그래도 일 년에 한 번은 집에 찾아올 텐데 묘지를 이장하면 그마저도 안 올 것 같아서."

후르릅.

석진호는 대답하지 않았다.

그저 무덤덤한 얼굴로 차를 들이켰다.

딱히 할 말이 없어서였다.

"아버지께서도 너를 많이 보고 싶어 하신다. 생신 때 오지 않아서 서운해하시기도 했고."

"손자는 저 말고도 많지 않습니까."

"그중에 석진호라는 이름을 가진 손자는 한 명뿐이지. 게다가 춘절 때도 안 오지 않았더냐."

"사천성에 갈 일이 있어서."

"그 얘기를 듣고 나도 서운했다. 본가가 이리 가까운데 사천성을 가다니."

석명일이 얼굴 가득 섭섭하다는 표정을 지었다.

부자지간이라고 하기에는 서먹서먹한 사이라는 걸 그가 누구보다 잘 알았다.

석진호 입장에서는 앙금이 있을 수밖에 없다는 것도.

그래서 더더욱 노력한 것이기도 했고.

"사정이 있었습니다."

"대충은 안다. 초대를 받았다고. 하지만 내년 춘절에는 본가를 찾아 주었으면 좋겠구나."

"생각해 보겠습니다."

"빈말이라도 오겠다는 말은 안 하는구나."

석명일이 씁쓸한 표정을 지었다.

이번 대답으로 석진호의 뜻을 확실하게 알 수 있어서였다.

하지만 차마 따지지는 못했다.

냉정히 따져 보면 자업자득이나 마찬가지였기에 석명일은 나지막하게 한숨을 내쉬었다.

"거짓말을 하는 것보다는 낫지 않습니까."

"알았다. 나도 더 이상 이 부분에 대해서는 얘기를 꺼내지

武人還生
무인환생

않으마. 대신 한 가지만 알아주었으면 한다. 본장의 문은 너에게 언제나 열려 있다고 말이다. 또한 내 도움이 필요한 일이 생기면 언제라도 편히 연락하거라."

"기억해 두겠습니다."

"그래. 그거면 되었다."

석명일은 옅게 웃었다.

노력하기는 했으나 끝내 두 사람 사이에 놓인 간격을 좁히진 못한 것 같아서였다.

그게 너무나 아쉬웠지만 이만큼 했는데도 안 된다면 어쩔 수 없었다.

'길게 봐야지. 어떻게 보면 이제 이 년 노력한 것이니까.'

석가장에서 석진호가 있는 듯 없는 듯 살아간 시간이 십팔 년이었다. 그러니 못해도 십 년은 노력해야 가슴의 앙금이 풀리지 않을까 싶었다.

물론 십 년, 십오 년을 더해도 이 관계가 나아지지 않을 가능성도 있으나 그래도 석명일의 입장에서는 해야만 했다.

석가장 역사상 처음으로 강호를 호령하는 고수가 나왔는데 그 끈을 이대로 포기할 수는 없었다.

'앞으로 더욱 큰 인물이 되겠지. 어쩌면 무관을 넘어 무림세가를 이룰지도 모르고.'

석명일의 두 눈이 뜨거워졌다.

이제 겨우 열아홉 살이었다.

곧 약관이 되는 나이인데 벌써부터 천하를 진동시키고 있었다.

그렇기에 석명일은 절대 이대로 석진호를 놓을 수 없었다.

'지금은 냉랭한 관계지만 나중에는 달라질 수 있지, 암!'

이기적이다 못해 계산적이라고 손가락질해도 어쩔 수 없었다.

그를 위해서가 아니라 가문을 위해서 석진호는 반드시 필요했다. 부친인 석비강 역시 그 사실을 알고 있기에 늘 석진호에게 신경 쓰고, 연락하는 것이었고.

"이만 일어나 보겠습니다."

"벌써 가려느냐?"

"볼일이 있어 온 것이니까요. 지금쯤이면 슬슬 작업도 끝났을 것 같고."

"식사라도 하고 가지 그러느냐. 너야 가족이지만 북해빙궁의 소궁주나 사천당가의 여식들은 손님인데. 혹여 본장이 손님 대접을 제대로 못한다는 소문이 날까 저어되는구나."

"그 부분에 대해서는 걱정하지 않으셔도 됩니다. 충분히 설명을 하고 왔으니까요."

여지를 두지 않는 칼 같은 선 그음에 석명일이 어색하게 웃었다. 하지만 석진호는 반쯤 남은 용정차를 남겨 두고 자리에서 일어났다.

"일행에게 안내해 줄 사람을 붙여 주마."

무인환생

"괜찮습니다. 태어나서 열여덟 살 때까지 살던 곳인데 길을 모를까요. 알아서 찾아가겠습니다."

"······그래."

쌀쌀한 대구에 석명일이 머쓱한 표정을 지었다.

하지만 석진호는 그런 그를 향해 정중히 인사하고는 방을 나섰다.

❀

"진짜 넓네. 남궁세가보다 더 넓은 거 같은데?"

"상계만 따졌을 때는 최고인 곳이니까. 역사도 길고. 쉽게 설명해서 중원 상계의 천하제일가라 해도 과언이 아니니까."

"호오."

북궁혁이 턱을 쓰다듬었다.

이렇게 설명해 주니 이해가 바로 되었던 것이다.

"그렇게 말씀하시니 조금 민망하네요."

"저는 사실을 말했을 뿐입니다."

석가장을 처음 방문한 네 사람을 위해 직접 안내를 맡은 석미룡이 몸을 살짝 꼬았다.

모용천의 설명이 너무 과분하다는 듯이 말이다.

"좋게 말씀해 주셔서 감사해요."

"친구의 가문이기도 하니까요. 사이는 썩 좋지 않아 보이지만요."

"그래도 가족이잖아요. 언젠가는 풀릴 거라 생각해요."

"글쎄요."

모용천이 회의적인 표정을 지었다.

그가 알고 있는 석진호는 의외로 단호한 구석이 있어서였다.

뒤끝도 확실했고 말이다.

"사실 제 바람이기도 해요. 이왕이면 화목한 게 좋잖아요. 가화만사성이라는 단어도 있고."

"그건 그렇죠."

모용천의 대답을 들으며 석미룡이 쌍둥이 자매를 살폈다.

석진호의 친구인 북궁혁, 모용천도 중요하지만 그 이상으로 사천당가의 여식들 역시 중요해서였다.

특히 석진호의 반려로 가장 가능성이 높은 이가 당하린인만큼 석미룡으로서는 쌍둥이 자매를 신경 쓸 수밖에 없었다.

"여기가 오라버니께서 자라신 곳."

"넓긴 어마어마하게 넓네. 분위기는 당가타하고 조금 비슷한 것 같고."

당하린이 두 눈을 반짝였다.

아기일 때부터 승천무관을 차리기 전까지 석진호가 살았던 곳이라고 하자 어느 것 하나 사소해 보이지 않았던 것이다.

"내가 보기에는 완전히 다른데?"

무인환생

"그건 언니 생각이고. 내가 느끼기에는 비슷해. 미호 너도 그렇게 생각하지?"

워로롱?

나긋나긋한 걸음걸이로 얌전히 당아린의 옆을 걷던 미호가 귀를 쫑긋거렸다.

무슨 말인지 이해하지 못한 표정이었다.

"미호는 아니라고 하는 거 같은데?"

"아니거든!"

"얼른 미호가 말귀를 알아들어야 할 텐데. 그래야 흑휘처럼 고개도 젓고 아니라고 할 텐데."

"나도 그랬으면 좋겠어. 윤이가 얼른 백년홍패 같은 영물을 구해 줬으면 좋겠는데."

"그게 쉽니? 인연이 닿지 않으면 구하기 힘들어. 오라버니야 워낙에 특별해서 가능한 거고."

백년홍패라는 말에 석미룡의 귀가 쫑긋거렸다.

안 그래도 백년자패 등등을 구할 수 없어 애가 타는 마당이었는데 탁윤도 가능하다고 하자 귀를 기울인 것이다.

"슬슬 돌아가야 할 것 같은데."

"안 그래도 내가 왔다."

"여어!"

등 뒤에서 들려오는 익숙한 음성에 북궁혁은 물론이고 당하린과 석미룡의 고개가 번개같이 돌아갔다.

이윽고 뒷짐을 지고서 유유자적하게 걸어오는 석진호의 모습이 보였다.

"구경은 잘했고?"

"석 소저가 안내를 잘해 주셔서."

"다행이네. 신경 써 줘서 고마워, 누나."

"동생 손님들인데 당연히 내가 해야지. 너한테 받은 게 한두 개가 아닌데."

석진호의 말에 석미룡이 어깨를 으쓱거렸다.

그러면서 그녀는 슬쩍 다른 곳을 쳐다보고 있는 모용천을 쳐다봤다. 몰락한 명문 세가의 후예였지만 실력은 두말할 필요도 없었다.

게다가 가문을 재건해야 하는 모용천에게 가장 필요한 것은 누가 뭐래도 돈이었기에 석미룡은 생각에 잠겼다.

'나쁘지 않은 혼처이긴 한데⋯⋯.'

지금도 그녀에게는 상당히 많은 곳에서 혼담이 들어왔다.

미모도 상당하고 능력도 증명했기에 원하는 곳이 꽤 많았던 것이다.

하지만 그중에 그녀의 마음에 든 곳은 없었다.

"이상한 생각은 하지 말고."

"무슨 말이야?"

"그냥 그렇다고. 이만 가자."

의미심장한 얼굴로 한마디를 남긴 석진호가 일행을 이끌

고 선산으로 향했다.

지금쯤이면 마무리 작업을 하고 있을 것 같아서였다.

"오라버니께서 지내시던 처소에 가 보고 싶었는데."

"물어보니 다른 사람이 살고 있다고 하더라고. 그러니 찾아가면 민폐야."

"멀리서라도 보면 안 될까요?"

"별거 없어. 그냥 낡고 작은 집이야. 건물 한 채로 이루어진. 그마저도 단층이고."

당하린이 얼굴 가득 아쉬움을 내비쳤다.

석가장에 온 김에 석진호가 머물던 처소를 보고 싶었는데 그러지 못해서였다.

"여자 마음을 그리 몰라서야."

"그러니까 바로 가는 걸로."

"허!"

혀를 차던 북궁혁이 순간 멍한 표정을 지었다.

이런 식으로 넘어갈 줄은 몰라서였다.

그러는 사이 석진호는 앞장서서 선산이 있는 북쪽으로 걸어갔다.

제50장 하루가 다르게

끄릉?

털을 핥으며 몸단장을 하던 미호가 고개를 들었다.

바람을 타고서 풍겨 오는 흑휘의 냄새에 반응한 것이었다.

컹컹컹!

그 냄새를 아래 있던 늑대들도 맡은 모양인지 한가로이 뒷마당을 뛰어놀고 있던 녀석들이 미친 듯이 짖기 시작했다.

마치 강아지처럼 말이다.

고롱. 고로롱.

그 모습에 미호가 한심하다는 표정을 지었다.

이제는 제법 머리가 큰 것들이 여전히 새끼 때 습성을 버리지 못한 것 같아서였다.

툭.

미호는 그런 늑대들을 향해 몸을 날렸다.

이 층 창가에서 단숨에 늑대들 앞에 착지한 미호가 매서운 눈으로 한 마리 한 마리를 쳐다봤다.

그러자 시끄럽게 짖어 대던 늑대들이 입을 다물었다.

처척!

그뿐만 아니라 네 마리의 늑대들은 몸을 바짝 낮췄다.

복종하겠다는 듯이 네 발과 배를 땅에 댄 채로 미호의 눈치를 살폈던 것이다.

그 모습에 미호가 만족스러운 표정을 지었다.

삼랑이들에게는 안 되지만 그래도 앞에 있는 네 마리보다는 자신의 서열이 위였다.

휘이익!

그 사실을 다시 한번 확인한 미호가 꼬리를 살랑거리며 과수원 쪽으로 도도하게 걸어갔다.

흑휘의 냄새가 과수원에서 풍겨 와서였다.

그리고 그 뒤를 네 마리의 늑대들이 자연스럽게 따랐다.

야옹?

느릿한 걸음걸이로 과수원을 가로지르며 산책을 하던 흑휘가 고개를 돌렸다.

뒤쪽에서 익숙한 기척이 느껴져서였다.

잠시 후 미호를 선두로 네 마리의 늑대들이 우르르 달려오

武人還生
무인환생

는 모습에 흑휘가 매서운 눈빛을 뿌렸다.

꼬르르. 꼬룽.

기다리고 있다는 듯이 엉덩이를 붙이고 앉아 있는 흑휘의 모습에 미호가 달려와서는 인사하듯 납작 엎드렸다.

방금 전 늑대 형제들이 했던 것처럼 배와 턱을 땅에 댔던 것이다. 하지만 그런 미호의 인사에도 흑휘의 눈빛은 무심했다.

월월!

반면에 이제 막 새끼 티를 벗은 늑대들은 반갑다는 듯이 짖으며 꼬리를 흔들었다.

특유의 우렁찬 울음소리를 토해 내면서 말이다.

스윽.

그 모습을 잠시 지켜보던 흑휘는 몸을 일으키고는 다시 과수원을 가로지르기 시작했다.

혼자만이 산책을 이어 갔던 것이다.

그리고 그 뒤를 미호가 조심스럽게 따랐다.

마치 보좌하듯 흑휘의 조금 뒤에서 걸어갔던 것이다.

까악! 까아악!

그때 하늘에서 까마귀 울음소리가 들렸다.

동시에 흑휘의 눈빛이 매서워졌다.

까마귀들이 과수원의 배와 복숭아, 감 등을 노리고 있음을 알 수 있어서였다.

하아악!

그래서 흑휘는 크게 울부짖었다.

이곳이 자신의 영역임을 포효로 알렸던 것이다.

하지만 흑휘의 포효에도 까마귀들은 쉽사리 물러나지 않았다. 과수원만큼 먹이를 쉽게 얻을 수 있는 곳이 드물기에 눈치를 살폈던 것이다.

쉬이익!

그중 한 마리가 재빠르게 활강했다.

단숨에 열매를 낚아채고 도망칠 속셈이었다.

하나 그건 흑휘를 무시하는 행동이었다.

까악!

겉보기에는 귀여운 검은 고양이었으나 그 본질은 영물이었다. 게다가 석진호가 꾸준히 영물을 잡아다 주었기에 흑휘의 힘은 태산에 있을 때보다 몇 배는 강해진 상태였다.

그렇기에 까마귀 한 마리쯤은 식후 운동거리도 안 되었다.

푸득! 푸드득!

순식간에 목이 물린 까마귀가 어떻게든 흑휘에게서 벗어나려고 했지만 소용없는 짓이었다.

한번 물린 이상 빠져나가는 건 불가능했다.

쌔애액!

그런데 까마귀도 만만치 않았다.

동족의 희생을 기회 삼아 우르르 활강했던 것이다.

거기다 영악하게도 사방으로 뿔뿔이 흩어졌다.

흑휘가 혼자라는 점을 이용한 것이었다.

꼬룽! 아우우!

하지만 까마귀들이 한 가지 간과한 게 있었다.

흑휘에게도 부하들이 있다는 사실을 말이다.

비록 흑휘처럼 영물은 아니었으나 미호나 늑대들은 영리했다. 지금 자신들이 무엇을 해야 하는지 알았던 것이다.

파바바밧!

게다가 늑대들의 울음소리에 삼랑이들도 합세했다.

과수원에 까마귀 떼가 나타난 걸 알고는 전력으로 달려와 몸을 날렸던 것이다.

콰득! 콰드득!

흑휘처럼 말도 안 되는 도약을 보여 주지는 못했지만 그럼에도 까마귀들을 사냥하기에는 충분했다.

영물은 아니지만 그렇다고 평범한 짐승의 범주에 들어가는 것도 아니었기에 미호를 비롯한 늑대들은 빠르게 까마귀들을 처리했다.

흑휘보다 큰 입을 이용해 무는 것과 동시에 목을 부러뜨렸던 것이다. 실수로 날개나 몸통을 물면 삼랑이들의 짝인 암컷 늑대들이 바닥에 추락한 까마귀들을 확인 사살했다.

투두두둑!

그러나 역시 가장 큰 활약을 보여 주는 건 흑휘였다.

나무 사이사이를 벼락같이 가로지르며 움직이는 동선에

걸리는 까마귀들을 발톱으로 무자비하게 썰어 버렸다. 까마귀의 숫자가 많자 흑휘 역시 사냥 방법을 바꾼 것이었다.

"오늘도 한바탕하네."

"잘한다, 잘한다, 내 새끼!"

까마귀가 내지르는 괴성에 석진호와 북궁혁, 모용천이 모습을 드러냈다. 이제는 소리만 들어도 전쟁이 일어났음을 알았기에 세 명은 느긋하게 걸어왔다.

그중 북궁혁이 신나게 박수를 쳤다.

이제는 제법 다 자란 빙랑이 열심히 까마귀를 잡는 모습이 대견했던 것이다.

"확실히 흑휘가 교육을 잘 시켜. 봐 봐. 지금도 나무에 발톱 자국이 남지 않게 뛰잖아."

"흑휘가 세심하기는 하지. 철두철미하기도 하고."

"나한테 왔으면 지금 주인보다 훨씬 더 잘 챙겨 줄 텐데."

모용천이 농담 반 진담 반으로 말했다.

정말 볼수록 탐이 나는 게 흑휘여서였다.

그러면서 그는 내심 다짐했다.

자신의 철랑이도 흑휘처럼 반드시 영물로 만들겠다고 말이다.

"흑휘도 주인을 가려서 말이지. 나니까 함께 있는 거지, 너였다면. 글쎄?"

"나 정도로는 턱도 없다는 거냐?"

무인환생

"당연하지. 아마 승천무관에서 나에 대해 가장 잘 아는 존재가 흑휘일걸."

까아악!

흑휘가 마음먹고 움직이자 까마귀 백여 마리가 순식간에 사체로 화했다.

검은 바람처럼 까마귀 떼를 휩쓸고 지나갔던 것이다.

거기에 늑대들까지 합세하자 까마귀들은 목표로 했던 과일들 몇 개만 운 좋게 챙기고서 다시 야산으로 도망쳤다.

"맞는 말이긴 한데 조금 섭섭하네."

"뭘 섭섭해. 진호가 이러는 게 하루 이틀도 아닌데. 근데 애들 꽤 잘 먹네."

까마귀 떼가 물러나자 미호는 물론이고 삼랑이들과 암컷, 이제는 더 이상 새끼 늑대라고 할 수 없는 네 마리가 바닥에 떨어져 있는 까마귀 사체들을 씹어 먹기 시작했다. 마치 별식이라도 되는 것처럼 너무나 맛있게 먹었던 것이다.

"나는 노린내가 나서 못 먹겠던데."

"질겨. 괜히 오리나 꿩을 잡아먹는 게 아니지."

너무나 맛있게 으적으적 씹어 먹는 늑대들의 모습에 북궁혁과 모용천이 신기하다는 듯이 쳐다봤다.

벌써 몇 번이나 본 광경이지만 볼 때마다 신기해서였다.

그렇다고 아이들이 못 먹는 것도 아니었다.

해산물도 틈틈이 먹일 정도로 다양하게 먹이를 주는데 까마귀도 잘 먹자 두 사람은 의아한 표정을 지었다.

"제대로 먹을 줄 아는 건 미호지."

"그렇긴 해. 쟤는 진짜 내장만 골라서 먹더라. 나머지는 거들떠도 안 보고."

"나름 미식가라는 거지."

"흑휘는 도도하고."

북궁혁의 시선이 미호에게 닿았다가 꼬리를 살랑살랑 흔들며 다가오는 흑휘를 쳐다봤다.

도도한 걸음걸이로 석진호에게 다가온 흑휘는 제 주인을 빤히 올려다봤다.

"잘했다."

고로롱. 고롱.

석진호가 쓰다듬어 주는 게 너무나 기분 좋다는 듯이 흑휘가 몸을 발라당 뒤집었다.

배를 만져 달라는 듯이 온갖 애교를 부렸던 것이다.

그 모습에 석진호가 피식 웃으며 오랜만에 육포를 꺼냈다.

"객잔주님한테도 배는 절대 안 보여 주던데."

"난 주인이니까."

"저 모습만 보면 진짜 애교 많은 집고양이인데 말이지."

북궁혁이 부럽다는 듯이 중얼거렸다.

겉모습은 그냥 까만 고양이지만 실제로는 맹수도 때려잡는 게 흑휘였다.

얼마 전에는 강기도 받아 내는 걸 봤었기에 북궁혁은 고개를 돌려 게걸스럽게 까마귀를 뜯어 먹고 있는 빙랑이를 뜨거운 눈빛으로 쳐다봤다.

반드시 빙랑이를 흑휘처럼 만들고야 말겠다는 듯한 눈빛이었다.

"직접 사냥을 해서 그런가. 다들 엄청 맛있게 먹네."

"그러게. 먹는 모습만 봐도 배가 부르네."

괜히 영리한 게 아니라는 듯이 삼랑이를 비롯해 암컷들과 자식들은 까마귀의 깃털은 조금도 먹지 않았다.

앞발로 양 날개를 잡아 배때기를 찢은 후 살과 내장만 먹음직스럽게 씹어 먹었다. 심지어 뼈조차 발라내서 먹는 모습에 모용천과 북궁혁이 흐뭇하게 쳐다봤다.

꼬로롱. 꼬롱.

이제는 거의 멧돼지와 비슷한 크기가 된 삼랑이와 그보다 작지만 일반 늑대보다는 족히 반 배는 큰 암컷 늑대들과 자식들은 멈추지 않고 까마귀들을 흡입했다.

덩치가 덩치인 만큼 어마어마한 양을 먹어 댔던 것이다.

반면에 내장만 쏙 골라 먹은 미호는 미식가라는 별명대로 얼마 먹지도 않고 흑휘에게 살금살금 다가왔다.

그러더니 주위를 빙빙 돌았다.

"미호가 흑휘에게 관심 있는 거 같은데."

"종족을 뛰어넘는 사랑인 건가."

"사랑까지는 아니고 그냥 친해지고 싶어 하는 것 같은데."

묘한 기대를 가지는 두 친구와 달리 석진호는 고개를 저었다. 미호의 눈빛이 애정이라기보다는 선망에 더 가깝다는 생각이 들어서였다. 하지만 그런 미호의 눈빛에도 흑휘는 조금의 관심도 보이지 않았다.

자신에게는 석진호만 중요하다는 듯이 폴짝 뛰어 지정석인 어깨에 올라탔던 것이다.

"역시 도도해."

"주인을 제대로 닮았어. 그런 점에서 빙랑이는 주인을 닮지 말아야 할 텐데."

"사돈 남 말 하고 있네. 난 철랑이가 걱정이다. 주인 닮아서 겁쟁이가 될까 봐."

"뭐?"

고성이 오가며 티격태격하는 주인들의 모습에 맞나게 별식을 흡입하던 빙랑이와 철랑이가 움찔거렸다.

아직은 어리다 보니 주인들의 감정에 예민하게 반응할 수밖에 없어서였다. 그러나 삼랑이들이나 암컷들은 둘과 달리 흡입을 이어 갔다.

"좀만 더 여물면 따도 되겠어."

알차게 여물어 가는 과일들을 바라보며 석진호가 고개를 주억거렸다.

첫 농사이기에 크게 기대를 하지 않았음에도 의외로 야무

무인환생

지게 잘 자란 것 같아서였다.

흑휘를 비롯한 동물들의 도움도 있었지만 관도들의 도움 역시 무시할 수 없었다.

각자 집안일을 하면서 습득한 지식으로 과수원 농사를 도와주었기에 첫해임에도 석진호는 나름 성공적인 농사를 할 수 있었다고 생각했다.

"객잔에도 쓰고, 시전에도 팔고. 남은 건 아이들 부모님 댁에 보내도 되고."

"그래 가지고 남는 게 있겠어? 겨울에는 거의 방치하다시피 하게 될 텐데."

"돈은 충분히 벌었어. 객잔도 이제는 세 개나 되고. 애초에 농사지으려고 이곳에 온 것도 아니고."

"하긴."

말다툼을 끝냈는지 북궁혁이 고개를 주억거렸다.

석진호가 과수원이나 목장에 딱히 욕심이 없다는 걸 잘 알아서였다. 돈이 목표였다면 애초에 목장이나 텃밭을 가꾸지도 않았을 터였다. 단기 속성 과정만 계속해도 천하의 돈을 긁어모으는 게 가능했다.

"근데 언제까지 머물 거야?"

"우리가 지내는 게 싫으냐?"

"그건 아닌데 둘 다 원래 목표가 강호 유람이었잖아. 천이는 정확하게 비무행이었고."

"나나 천이나 강호를 돌아다니는 것보다는 여기에 있는 게 더 도움이 된다고 생각하니까. 남궁세가에 막상 가 보니까 별거 없더라고."

"맞아."

모용천이 북궁혁의 말에 맞장구를 쳤다.

분명 강호에 고수는 많았다.

하지만 그 고수들을 아무나 만날 수 있는 건 아니었다.

그럴 바에는 차라리 승천무관에 남아서 석진호나 북궁혁과 비무를 하는 게 모용천은 훨씬 더 이득이라고 생각했다.

"그렇다면야."

"불편하다면 떠나고."

"그런 건 아니고."

석진호가 어깨를 으쓱거렸다.

불편하다거나 귀찮다거나 그런 건 전혀 없었다.

오히려 탁윤이나 정마륭, 채소강에게 도움이 되면 모를까.

그저 궁금해서 물은 것뿐이었다.

달칵.

시비가 열어 주는 문으로 당무린이 들어갔다.

그러자 두 개의 인영이 눈에 들어왔다.

무인환생

집무실의 주인인 부친과 그 앞에 앉아 있는 조부를 볼 수
있었다.

"앉거라."

"예, 가주님."

"사석이니까 편하게 해. 아버지도 계신데."

"그래도 어찌 집무실에서 그럴 수 있겠습니까."

"쓸데없는 고집은."

당군성이 실소를 흘렸다.

공적인 자리도 아니고 늦은 저녁에, 그것도 삼대가 모이는
자리인데 너무 딱딱하게 격식을 차리는 것 같아서였다.

"뭐 어때. 난 보기 좋은데. 적당한 긴장감은 필수지. 너무
편하게 대하는 것도 아랫사람이 보기에는 좀 그렇지."

"감사합니다."

"그래도 편히 할 때는 편히 하는 게 좋아. 가주 체면도 생
각해 줘야지."

"예."

적당히 두 사람의 편을 들어 주며 당천광이 히죽 웃었다.

말은 이렇게 했지만 보기에 좋아서였다.

"아버지를 모신 건 다른 게 아니라 승천무관에 관해 말씀
드릴 것이 있어섭니다."

"드디어 날을 잡은 거냐?"

"저도 그랬으면 좋겠는데, 아쉽게도 아닙니다."

"에잉!"

당천광이 진심으로 아쉽다는 표정을 지었다.

사천당가의 여식이 가문의 무공을 익히면 기본적으로 데릴사위를 들였다.

가문의 무공이 유출되는 걸 방지하기 위해서였다.

그러나 상대가 석진호라면 그 가규를 느슨하게 적용할 생각이 있었다.

'진호 정도의 인물인데, 당연히 예외를 적용해야지. 데릴사위라는 가규를 적용하지 않겠다는 게 아니라 조금 유예하겠다는 뜻이니까.'

말이야 얼마든지 붙일 수 있었다.

가주인 당군성의 뜻과 태상가주인 자신의 뜻이 합쳐지면 말이다.

아니, 막말로 사천당가의 가주와 비슷한 실력자를 들일 수 있는데 그깟 가규가 문제일까.

실력은 당군성과 비슷한데 나이는 이제 고작 약관이었다.

'어쩌면 아들보다 더 위일 수도 있고.'

당천광이 턱을 긁었다.

천하의 그조차도 석진호의 끝을 가늠하지 못했다.

그렇기에 당천광은 만약도 생각했다.

가능성은 희박하지만 그럴 가능성도 있다고 말이다.

'중요한 건 손녀사윗감으로는 최고라는 거지.'

武人還生
무인환생

석진호를 처음 봤을 때의 충격이 여전히 깊게 남아 있었다.

동시에 당천광은 걱정이 들었다.

자신과 아들에게야 좋은 일이지만 하나뿐인 손자에게는 아니었기 때문이다.

마치 절대 넘을 수 없는 벽처럼 느껴질 수도 있기에 당천광은 슬그머니 당무린의 안색을 살폈다.

"그렇게 걱정하지 않으셔도 됩니다. 그저 넘어야 할 산이 하나 더 생긴 것뿐이니까요."

"역시 내 손자구나, 허허허!"

"아마 충격은 자신이 최고라고 생각했던 검룡이 더 클 겁니다. 어쩌면 심적으로 무너질 수도 있죠."

당무린은 아직도 선명하게 기억했다.

충격의 바다에 빠져 허우적거리던 남궁수를 말이다.

물론 그 표정은 창졸간에 사라졌지만 그는 알았다.

그 충격에서 헤어 나오기가 쉽지 않을 것임을 말이다.

"아무래도 충격의 강도가 다르긴 하겠지. 내심 자신이 최고라고 생각했을 테니까. 주위에서도 그렇게 인정해 주고."

"늘 일 등만 하던 녀석이었으니까요."

동갑내기이기에 더욱더 경쟁심을 가졌던 당무린이었다.

그리고 늘 이 등이었기에 괴로워했고.

한데 이제는 그 감정을 남궁수가 느낄 거라 생각하자 당무린은 재미있다는 표정을 지었다.

과연 남궁수가 어떤 선택을 할지 궁금했던 것이다.

"오 등으로 밀려났는데 의외로 괜찮아 보이는구나."

당천광이 장난스럽게 물었다.

진지하게 물으면 상처가 될 수도 있기에 일부러 가볍게 말한 것이었다.

"이 등이나 오 등이나 최고가 아닌 이상 별 차이 없으니까요. 그리고 아직 결과가 나온 것도 아니고. 할아버지께서 말씀하셨잖아요, 내가 죽기 전까지 결과는 나온 게 아니라고요."

"맞아. 내 주위를 봐. 다 골골대고 있잖아. 뭐, 생각지도 못한 아이가 불쑥 튀어나오기도 한다만."

묘하게 씁쓸한 얼굴로 당천광이 중얼거렸다.

아마도 쌍존을 생각하는 모양이었다.

"전 그저 제 길을 갈 생각입니다."

"그래. 그게 가장 중요한 거다. 주위에 휘둘리지 않고 스스로의 길만 가면 된다. 흔들리지 않고 열심히 걷다 보면 기회는 오기 마련이다."

"예."

"본론으로 돌아와, 도화가 집으로 돌아갔습니다."

"팽가 아이가 말이냐?"

아들을 다독여 준 당군성이 말을 이었다.

그런데 그 말에 당천광이 살짝 놀란 표정을 지었다.

武人還生
무인환생

쉽사리 포기할 것 같아 보이지 않았는데 돌아갔다고 하자 의아했던 것이다.

"예. 진호가 직접 내보냈다고 합니다. 근데 그 전에 재미있는 일이 있었다고 합니다."

"재미있는 일?"

"팽 가주가 승천무관을 직접 찾았다고 합니다."

"호오."

당천광이 흥미로운 표정을 지었다.

워낙에 딸바보로 유명한 인물이었기에 찾아갔다는 말만 들어도 이유를 유추하는 건 어렵지 않았다.

다만 그가 궁금한 건 이다음이었다.

"예상하셨겠지만 이유는 딸 때문이었습니다. 이런저런 방법을 써도 딸이 집으로 돌아올 생각을 하지 않으니 진호와 직접 담판을 지으러 찾아간 모양입니다. 그것도 기별도 없이 무작정 혼자서요."

"고놈 성격은 그러고도 남지."

제 아비랑 판박이인 성격이었기에 당천광은 고개를 끄덕였다.

오히려 지금까지 가만히 있었던 걸 칭찬해야 했다.

"그러다가 한판 붙었다고 합니다. 말도 안 되는 시비를 걸어서요."

"붙었다고? 팽 가주랑 진호랑?"

"예."

당천광의 두 눈이 초롱초롱해졌다.

그리고 그건 당무린 역시 마찬가지였다.

결과가 궁금하다는 듯이 둘은 마른침을 삼키며 당군성을 쳐다봤다.

"어떻게 됐어?"

"어떻게 되었을 것 같습니까?"

"네 표정을 보니 예상 밖의 결과가 나온 것 같은데. 진호가 이긴 거냐?"

"예. 둘이 맞붙은 자리에 하린이와 아린이도 있었다고 합니다. 하북팽가 쪽에서 소문이 나지 않도록 신신당부해서 아직은 아는 곳이 거의 없지만, 알려지는 건 시간문제라고 생각합니다."

당군성이 다행이라는 표정을 지었다.

안 그래도 당하린에게 있어 가장 큰 경쟁자가 팽나연이었다.

딸보다 먼저 석진호와 인연이 있기도 했고.

그런데 팽진극의 도움으로 가장 강력한 경쟁자가 떨어져 나가자 당군성은 입가에 옅은 미소를 지었다.

물론 왜 그런 결정을 내렸는지 이해가 안 가기는 했지만 그나 당하린에게는 좋은 일이었다.

어떻게 보면 팽진극의 안목이 딱 거기까지라는 뜻이기도

무인환생

했다.

"알려져서는 안 된다. 우리도 한 손 보태야 돼."

"예?"

"진호가 하북제일도를 쓰러뜨렸다는 소문이 나면 어찌 될 거 같으냐?"

"……!"

당군성의 두 눈이 서서히 커졌다.

뒤늦게 부친의 말을 이해한 것이다.

"철저히 막아야 해. 적어도 하린이가 확실하게 정실 자리를 차지할 때까지는. 그때까지는 무슨 수를 써서라도 소문을 막아야 해. 물론 도화가 떠난 건 알려지겠지만 팽 가주와 있었던 일은 무조건 알려지지 않게 막아야 한다."

"제가 거기까지는 미처 생각하지 못했습니다."

"도화가 떠난 건 좋은 일이지만 단점도 있어. 알게 모르게 두 명이서 막아 내던 게 있으니까. 근데 이제 하린이만 남았으니 할 만하다 여기고 들이대는 것들이 있을 거야."

"혼담은 어마어마하게 쏟아지는 걸로 알고 있습니다."

"더 심해질 거다. 그러니까 지금이 더욱 중요해. 결국 승부는 누가 먼저 마침표를 찍느냐에서 갈라질 테니까."

다행스럽게도 가장 강력한 경쟁자였던 팽나연은 팽진극의 헛짓거리에 알아서 떨어져 나갔다.

하지만 그렇다고 해서 당하린이 이긴 건 아니었다.

그저 남보다 약간 우세한 정도였기에 긴장의 끈을 풀어서는 안 되었다.

　　"하린이에게 서신을 보내겠습니다."

　　"알아서 잘하겠지만 그래도 잘 설명해. 하나에 꽂히면 주변이 잘 안 보이게 되니까."

　　"예."

　　당군성이 고개를 끄덕였다.

　　그 역시 동의하는 바였다.

　　딸이 조숙하고 현명하다고 하지만 아직 스물도 안 된 나이였다.

　　그런 만큼 아직은 어른의 조언이 필요했다.

　　"저도 드릴 말씀이 있습니다."

　　"이렇게 갑자기?"

　　"갑자기는 아니고 말할 기회를 기다리고 있었습니다. 저도 승천무관에 가려고 합니다."

　　"승천무관에?"

　　당군성이 고개를 갸웃거렸다.

　　뜬금없어도 너무 뜬금없어서였다.

　　당천광 역시 같은 생각이라는 듯이 손자를 지그시 쳐다봤다.

　　"용봉지회 이후 폐관수련에 들어간 후기지수들이 많습니다. 소림의 철룡과 무당의 청룡 역시 사문에 돌아가자마자

武人還生
무인환생

폐관수련에 들어갔습니다. 석 소협도 석 소협이지만 백괴와 투괴의 등장에 다들 충격을 받았거든요."

"그럴 테지. 자기들이 최고라고 생각했는데 느닷없이 삼괴가 나타났으니까."

예전에는 무림육룡을 최고의 후기지수로 꼽았다.

하지만 지금은 아니었다.

무림육룡보다 삼괴를 위에 두었다.

"해서 저는 직접 부딪쳐 볼 작정입니다. 폐관수련보다는 그쪽이 저에게 더 도움이 될 것 같아서요. 다른 이들은 말해 봤자 까이겠지만 저는 상황이 좀 다르지 않습니까. 비벼 볼 구석도 있고."

"동생들도 챙길 수 있고 말이지."

당군성이 눈을 빛냈다.

듣고 보니 꼭 나쁘지만은 않아서였다.

물론 사천당가의 소가주로서 당무린이 본가에서 해야 할 일이 있지만, 그보다 더 중요한 것은 스스로의 무력이었다.

무가의 주인에게 있어 가장 중요한 건 본신의 무력이었기에 당군성의 고민은 짧았다.

"좋다. 허락하마."

"감사합니다, 가주님."

"많이 배우고, 느끼고 오거라. 또한 너도 할 수 있다는 사실을 잊지 말고."

"명심하겠습니다."

"알아서 잘하겠지만, 동생들도 잘 챙기고."

당무린이 걱정하지 말라는 듯이 씨익 웃었다.

그러자 당군성과 당천광 역시 똑 닮은 미소를 지었다.

어제 비가 와서 그런지 더욱 화창해 보이는 하늘 아래에서 아이들이 일사불란하게 움직였다.

오늘이 바로 과수원의 과일들을 추수하는 날이었기에 아이들은 아침부터 부산을 떨었다.

"잘 자란 걸 보니 내 마음이 다 뿌듯하네."

"나도. 이게 바로 농사꾼의 마음인 건가."

"거름 줄 때는 진짜 괴로웠는데."

"돼지 똥 냄새가 진짜 기가 막혔지."

삼삼오오 모여 있던 아이들이 하나같이 감상을 내놓았다.

앙상했던 가지가 쑥쑥 자라서 열매를 맺은 걸 보자 오만 가지 감정이 휘몰아치는 모양이었다.

하지만 가장 크게 기뻐하는 사람은 누가 뭐래도 소하정과 채소설이었다.

"처음인데도 되게 잘된 것 같아요."

"첫 끗발이 개끗발이라는 말도 있잖니."

"내년에도 이렇게 잘되어야 할 텐데."

"겨울에도 잘 관리해 줘야지. 겨울 동안 푹 쉬고 다음 재배

武人還生
무인환생

를 잘할 수 있게."

아이들과 마찬가지로 들뜬 얼굴로 소하정이 말했다.

텃밭도, 차밭도 그랬지만 역시 추수할 때가 가장 기분이 좋았다.

성취감을 느낀다고나 할까.

힘들고 고생했던 기억들도 있지만 어떻게 보면 그런 기억이 있기에 더욱 성취감을 느끼는 것일지도 몰랐다.

"모두 준비 다 했지?"

"예!"

"이인일조로 움직여! 과일들은 상중하로 나눠서 담고! 특히 상등품은 팔 거니까 조심스럽게 다루고!"

"네!"

정마름의 지시에 아이들이 우렁차게 대답했다.

아무래도 자기들이 반쯤 키우다시피 해서 그런지 귀찮은 기색보다는 기쁜 기색이 더 짙었다.

"애들도 신났네."

"쟤네들이야 평소에도 잘 노니까."

사방으로 흩어지는 아이들을 따라 삼랑이 일가도 뿔뿔이 흩어졌다.

노는 줄 알고 꼬리를 흔들며 따라가는 것이었다.

그 모습에 모용천이 옅게 웃었다.

"우리도 시작해야지."

"중원에 와서 내가 과일을 따게 될 줄이야."

"하기 싫으면 안 해도 돼."

"그런 건 아니고, 좀 신기해서. 이런 경험은 처음이거든."

석진호의 말에 북궁혁이 고개를 저었다.

다른 사람들에게는 별거 아닐지 모르나 그에게는 아니었다. 생전 처음 하는 경험이었기에 북궁혁은 내심 기대한다는 표정을 지었다.

"난 경험 있는데. 이렇게 크게 농사를 하지는 않았지만."

"의외인데?"

북궁혁이 눈을 동그랗게 떴다.

얼굴만 보면 고생을 전혀 안 했을 것 같아서였다.

"어머니가 소일거리로 텃밭을 가꾸셨거든. 그래서 나도 도와드렸지. 아버지와 달리 어머니는 무공을 안 익히셨거든. 몸이 원래부터 약하시기도 했고."

"어쨌든 나보다는 잘하겠네."

"그건 당연하지. 경력자 우대가 괜히 있는 게 아니지."

"네 말을 들으니 승부욕이 샘솟는데. 내기 어때? 누가 더 많이 따나. 물론 그냥 따면 재미없으니까 하등품만. 하등품은 객잔에서 요리할 때 사용할 거라 중등품과 상등품과 달리 비교적 막 다뤄도 되니까."

"내기라면 상품이 있어야지."

"하루 동안 형님이라 부르기 어때?"

이미 생각해 둔 게 있다는 듯이 북궁혁은 막힘없이 대답했다.

그리고 그 말에 모용천의 입가에 미소가 떠올랐다.

"존칭까지. 형님 대접을 하려면 제대로 해야지."

"그건 당연한 거고. 그럼 받아들인 걸로?"

"나중에 딴말하지 말고."

"너야말로 방심하지 말라고. 초보라고 해서 무조건 어설플 거라 생각하지 마라. 만류귀종이라고 결국 능력자는 요령도 금방 습득하는 법이야."

두 사람 사이로 팽팽한 기운이 흘렀다. 어느 누구 하나 질 생각이 없다는 듯이 강렬한 안광을 토해 냈던 것이다.

그러더니 이내 동시에 어른 상반신만 한 큰 통 하나를 등에 메고서는 쏜살같이 튀어 나갔다.

"두 분 다 여전하시네요."

"힘이 넘쳐, 아주."

아이들이 과일을 따 오면 한꺼번에 옮기기 위해 소달구지를 가져온 탁윤이 헛웃음을 흘렸다.

어째 승부욕이 점점 더 심해지는 것 같아서였다.

"마차도 가져올까요?"

"됐어. 달구지로 충분해. 한 번에 안 되면 나눠서 옮기면 되니까. 그리고 마차가 커 보이긴 하지만 막상 실으면 달구지랑 큰 차이 없을 거야. 오히려 뒷정리하는 데 더 고생하지."

"저도 한 손 보태겠습니다."

"그래."

달구지 네 대를 가져온 탁윤이 소하정과 채소설, 채소강 남매가 있는 곳으로 향했다. 아무래도 세 사람에게 그의 힘이 가장 필요할 것 같아서였다.

"배나 사과도 풍년일 것 같아요."

"그건 아직 모르지. 두 개는 좀 더 자라야 하니까."

"복숭아는 완전 잘된 것 같아요."

정성스레 딴 복숭아를 속속들이 가져오는 걸 확인하며 당하린이 엄마 미소를 지었다.

이렇게 수확을 하니 뿌듯하기도 하고 보람도 느껴졌던 것이다. 물론 가장 크게 고생한 건 아이들이었지만 말이다.

"선물로 집에 보내도 되겠다. 상등품은 진짜 좋은데? 팔기 아까운 것들도 있어."

당하린의 곁에는 당아린도 있었는데 그녀는 미리 만들어 둔 나무 상자에 상등품만 골라서 따로 담았다.

언니와 함께 등급에 따라 복숭아를 나누는 작업을 하는 중이었다.

최종 선별은 석진호가 하고 말이다.

"몇 개 고르세요. 드리겠습니다."

"정말 끝까지 말 안 놓으실 거예요?"

"예."

武人還生
무인환생

편히 대하는 당하린과 달리 자신에게는 끝끝내 말을 놓지 않는 석진호의 모습에 당아린이 양 볼을 부풀렸다.

하지만 그녀의 투덜거림에도 석진호는 생각을 바꿀 생각이 전혀 없었다. 가뜩이나 골칫덩어리인데 말까지 놓으면 더 심해질 것 같아서였다.

"입씨름하지 말고 일이나 해. 점심 먹기 전에는 끝내야지. 아버지랑 할아버지 드릴 것도 따로 빼놓고."

"벌써부터 서방 편을 든다 이거지? 이거 원 짝 없는 사람은 서러워서 살겠나."

"얘는!"

당하린이 퍼뜩 놀라며 눈을 흘겼다.

단둘이 있는 것도 아닌데 말이 너무 지나친 것 같아서였다.

그러면서도 당하린은 은근슬쩍 석진호의 표정을 살폈다.

─걱정하지 마. 못 들은 척하잖아.

─정말 못 들었을 수도 있지. 집중하면 원래 주변에서 뭐라고 떠들든 안 들리잖아.

여동생의 전음에 당하린이 안도의 한숨을 내쉬었다.

다행히 당아린의 헛소리를 듣지 못한 것 같아서였다.

─내가 보기에는 아닌 거 같은데?

─전에도 말했지만 오라버니 앞에서는 말조심해. 말은 한번 내뱉으면 절대 주워 담지 못해. 그러니까 제발 말하기 전에 한번은 생각하고 말을 해.

-도와주려는 내 마음은 안 보이지? 이렇게 은근슬쩍 찔러보고 각인시켜야 해. 자연스럽게 혼례로 이어지도록.

-그러다가 엎어지면 네가 책임질 거야?

당하린이 날카로운 눈으로 당아린을 째려봤다.

하지만 그 매서운 눈빛에도 당아린은 웃었다.

-남자는 많아. 무관주님만 한 남자는 드물지만 괜찮은 사내는 많다고.

-다른 남자는 다 필요 없어.

-으휴, 말을 말자.

빠져도 단단히 빠진 당하린의 모습에 당아린은 결국 고개를 저었다.

그러나 한편으로는 이해가 가기도 했다.

그녀가 생각하기에도 석진호만 한 인물은 없었으니까.

괜히 부친이 혼인 날짜를 잡자고 서두르는 게 아니었다.

"다들 천천히 해. 꼭 오늘 내로 끝내야 할 필요는 없으니까."

"괜찮습니다!"

"별로 힘들지도 않은데요!"

"체력 훈련에 비하면 이 정도는 아무것도 아니죠!"

쉬지도 않고 수확 작업을 반복하는 아이들에게 석진호가 말했다. 열심히 하는 건 좋지만 너무 과하게 힘이 들어간 것 같아서였다.

"저희 부모님께도 보내 주신다고 하셨잖아요. 그러니 더

무인환생

열심히 따야죠!"

"정말 괜찮으니까 관주님은 걱정 안 하셔도 돼요!"

"그렇다면 다행이긴 한데."

귀찮아하거나 힘들어하는 기색 없이, 오히려 즐거운 얼굴로 수확하는 아이들의 모습에 석진호는 실소가 나왔다.

동시에 고맙기도 했고 말이다.

그래서 석진호는 등급에 맞게 선별 작업을 하면서 아이들의 움직임을 자세히 살폈다.

일상생활에서도 자연스레 무공이 녹아 나와야 진짜 무인이라 할 수 있었기에 걸음걸이나 자세 등등을 세심하게 살폈다.

❋

연무장에 흩어져서 초식을 수련하는 관도들의 모습을 석진호가 매의 눈으로 살펴봤다.

혹시라도 잘못된 자세나 습관이 있나 확인했던 것이다.

그런데 다행히 교정을 해 주어야 할 아이는 없었다.

빠르진 않지만 다들 확실하게 수련을 쌓아 가는 모습에 석진호는 고개를 주억거렸다.

"천자문도 거의 다 뗐어요."

"고생했어."

"저보다는 아이들이 고생했죠. 글공부가 생각보다 쉽지 않잖아요."

"머리 아프지. 근데 배워 두면 쓸모가 많으니까."

슬그머니 옆으로 다가왔던 당하린이 고개를 주억거렸다.

석진호의 말마따나 글은 알고 있어서 나쁠 건 없었다.

무인이 아니더라도, 무공을 잃더라도 밥벌이를 할 수 있었기에 배워 두면 무조건 이득이었다.

"맞아요."

"사천당가의 금지옥엽을 고작 글 선생으로 쓰는 건 좀 인력 낭비이긴 하지만."

"저는 즐거웠어요. 가르치는 재미를 알게 되었다고나 할까요. 조는 아이는 계속 졸았지만요."

그때의 기억이 떠오른 모양인지 당하린이 살포시 웃었다.

처음 해 보는 일이라 어설프기도 했고 힘들기도 했지만, 돌이켜 보면 재미있는 추억이었다.

의외로 아이들이 잘 따라와 주기도 했고 말이다.

'많이 친해지기도 했고.'

처음에는 마치 다른 세상에 사는 사람처럼 자신을 대했던 아이들이다.

그때의 그 쭈뼛거리던 모습이, 바짝 얼어 있던 모습이 아직도 뇌리에 선명했다.

하지만 이제는 옆집 누나처럼 그녀를 편하게 대했다.

실없는 농담도 던지고 연애 상담도 하고 말이다.

무인환생

"그럴 땐 따끔하게 혼내야지. 어디 가서 글을 배울 수 있다고. 심지어 밥도 주고 잠도 재워 주는데."

"참, 본가에서 연락이 왔는데 복숭아 맛있게 잘 드셨대요."

"너무 익지는 않았고?"

"배편으로 보내기도 했고, 북궁 공자님이 도와주셔서 다행히 딱 맛있게 익었을 때 도착했대요."

"다행이네."

북궁혁의 빙공이 참 요긴하게 쓰이는 것 같다는 생각을 하며 석진호가 피식 웃었다.

더위가 한풀 꺾였다고는 하나 아직 뜨거운 편인데 말이다.

"다들 정말 많이 성장했어요. 아이들이 열심히 한 것도 있지만 두 분이 잘 가르치신 것 같아요."

"윤이와 마룡이도 열심히 했지. 개인 수련도 하면서 아이들도 가르쳤으니까."

"덕분에 아린이도 자극을 많이 받는 모양이에요. 따라잡히기 싫은 모양인지 요즘 개인 수련을 열심히 하더라고요."

당하린이 개구쟁이처럼 웃었다.

처음에는 제법 격차가 나던 세 사람의 대련이 요즘은 거의 막상막하라는 사실을 잘 알아서였다.

"현재로써는 윤이가 가장 가능성이 크지. 마룡이는 아직 멀었고."

"노력은 정 교두가 더 하는 것 같아요. 새벽부터 일어나서 수련하더라고요."

"부족한 재능을 채우기 위한 노력이지."

누구보다 그 마음을 잘 알았기에 석진호가 묘한 미소를 머금었다.

그 역시 그랬던 시절이 있어서였다.

태극번천무를 완성하기 전까지는 그 역시 정마룡과 똑같았다.

"그게 참 대단하다고 생각해요. 그렇게 꾸준히 노력하는 게, 꿈만 보며 달려가는 게 정말 힘들잖아요. 노력한다고 해서 꼭 원하는 결과가 나오는 건 아니니까요."

"꿈이니까. 이룰 수 있을지 없을지는 중요하지 않아. 중요한 건 내가 그 꿈을 품었고, 이루기 위해 노력한다는 거지."

"멋있어요. 정 교두도, 그리고 오라버니도요."

당하린이 슬쩍 속마음을 드러냈다.

경쟁자인 팽나연이 있을 때는 드러내기보다는 숨기는 쪽이었지만 이제는 달랐다.

팽나연이 떠났기에 당하린은 조금씩이지만 자신의 마음을 표현했다.

혼자 남았기에 석진호를 독차지한다는 생각을 하기보다는 좀 더 노력하고자 했다.

"나도 네가 멋있다고 생각해. 요즘 세상에 너처럼 은혜를 갚겠다고 찾아오는 이는 없으니까."

武人還生
무인환생

"저한테는 당연한 일이었어요. 목숨을 구해 주셨으니까요."

"그게 대단한 거야. 마음은 누구나 먹을 수 있지만 실행하는 건 다른 문제니까."

당하린에게 슬쩍 웃어 준 석진호는 앞으로 나섰다.

그러자 적당한 간격을 벌리고 수련하던 관도들의 시선이 석진호에게로 집중됐다.

"오랜만에 단체 대련 한번 하자. 얼마나 늘었는지 보게."

"……예!"

아이들이 순식간에 움직였다.

말이 끝나기 무섭게 진형을 구축했던 것이다.

그 모습에 석진호가 흡족한 미소를 지었다.

"시작할까?"

자연스럽게 포위망을 만들며 자리를 잡는 관도들의 모습에 석진호가 검을 뽑았다.

당하린이 선물로 준 바로 그 검이었다.

한데 검을 든 손이 오른손이 아니었다.

'왼손?'

'좌수검?'

오랜만의 단체 대련이었기에 바짝 긴장한 얼굴로 자세를 잡던 관도들의 얼굴에 당혹감이 떠올랐다.

지금껏 꽤 많은 지도 대련과 단체 대련을 했었지만 석진호가 왼손에 검을 든 적은 없었다.

언제나 오른손으로 검을 잡았었기에 관도들은 순간 두 눈을 치켜떴다.

그리고 그건 탁윤과 정마륭, 당하린도 마찬가지였다.

"슬슬 좌수검객을 경험해 볼 때도 됐지. 많지는 않지만 의외로 좌수검, 좌수도를 사용하는 무인이 제법 있거든. 아마 한 번씩은 들어 봤을 거야. 좌수검객을 만나면 조심하라는 소리를."

"저 들어 봤어요."

다른 이들과 마찬가지로 놀란 표정을 지었던 당하린이 손을 들었다.

부친에게서 예전에 지나가는 말로 들은 적이 있어서였다.

그때 당군성은 말했었다.

좌수검이나 좌수도를 사용하는 무인을 만나면 특별히 조심해야 한다고, 일반적인 검객이나 도객을 생각하면 절대 안 된다고 말이다.

"왜 그런 말이 강호에 떠도는지 이번에 몸으로 체험해 보는 것도 나쁘지 않을 거야."

스으윽!

말과 동시에 석진호의 신형이 미끄러졌다.

단 한 걸음을 내디딘 것뿐인데 순식간에 삼 장 이상 나아가는 신형에 앞에 있던 관도 두 명이 황급히 손에 쥐고 있던 병기를 휘둘렀다.

창과 검을 반사적으로 찔러 넣었던 것이다.

그런데 그간의 연습량을 보여 주듯 그 짧은 사이에 각기 다른 요혈을 노렸다.

따아아앙!

눈이 마주치지 않아도 자연스럽게 합격진을 펼치는 두 명이었으나 석진호는 가볍게 둘의 공격을 튕겨 내고는 검을 휘둘렀다.

좌수검의 장점을 여지없이 선보였던 것이다.

"어? 어?"

"흐읍!"

단체 대련이건 지도 대련이건 대련을 할 때 석진호는 딱 상대의 수준에 맞춰 힘을 썼다.

공력이 없을 때는 오직 신체 능력만을 사용했고, 지금처럼 내공이 어느 정도 쌓인 뒤에는 귀신같이 비슷한 수준의 진기만 사용했다.

그래서 관도들 역시 석진호의 초식의 움직임에 대해서는 어느 정도 익숙해진 상태였다. 하도 많이 겪고, 맞다 보니 이제는 본능적으로 반응할 정도였는데 지금은 달랐다.

"컥!"

생각지도 못한 궤적에서 파고드는 일 검에 관도들이 속수무책으로 무너졌다. 기기묘묘라는 단어가 절로 떠오를 정도로 낯선 검초에 제대로 된 반응을 보이는 이가 없었던 것이다.

"일단 창수들부터 붙어!"

"거리를 만들어!"

하지만 당황하는 건 잠시뿐이었다.

단체 대련은 쓰러졌다고 해서 끝나는 게 아니었다.

일어설 정도의 힘도 없을 때까지 계속해서 이어지는 게 단체 대련이었기에 검신에 두들겨 맞아 쓰러져도 관도들은 이내 벌떡 일어나서 다시 석진호에게 달려들었다.

터터터텅!

생전 처음 겪는 좌수검에 창을 든 이들이 앞으로 나섰다.

병기의 간격을 이용해 석진호의 진격 속도를 늦추기 위해서였다.

일단은 시간을 벌면서 좌수검에 익숙해질 속셈이었다.

동시에 검과 도를 든 관도들이 촘촘하게 포위망을 유지했다.

"나쁘지 않은 선택이지만 버티기만 해서는 이길 수 없지."

빠르게 대처하는 관도들의 모습에 석진호가 옅게 웃었다.

확실히 많이 늘었다는 게 느껴져서였다.

하지만 잘 막기만 해서는 싸움에서 절대 이길 수 없었다.

"돌격!"

"가자!"

그리고 그걸 관도들도 알고 있었다.

물론 자신들이 이길 거라 생각하지는 않았다.

武人還生
무인환생

기본 역량이 압도적으로 차이가 났기에 이긴다는 생각은 하지도 않았다.

대신 관도들은 궁리하고 또 궁리했다.

어떻게 해야 쉽게 쓰러지지 않고 오래 싸울 수 있을지를.

석진호가 늘 말하는 게 바로 그것이었다.

생각하고 또 생각하라고.

마지막의 마지막까지 포기하지 말고 방법을 찾으라고 말이다.

퍼퍼퍼펑!

계속해서 실패하고, 쓰러지고, 나뒹굴었지만 그럼에도 관도들은 포기하지 않았다. 왜 맞았는지, 어떻게 하면 피할 수 있을지를 생각하며 석진호에게 달려들었다.

심지어 몇 명은 아예 엎어진 채로 석진호의 다리에 매달리기까지 했다. 진짜 실전인 것처럼 악착같이 덤벼들었다.

'대단해.'

그 모습을 멀찍이 떨어져서 지켜보고 있던 당하린은 진심으로 감탄했다. 사실 그녀가 보기에 관도들의 수준은 그리 대단치 않았다.

오히려 형편없는 쪽이었다. 그런데 신기한 건 그럼에도 불구하고 시선을 떼지 못한다는 점이었다.

'아마도 저 처절하고 끈질긴 독기 때문이겠지. 아니, 독기 보다는 악기라고 말을 해야 하나.'

악과 깡으로 똘똘 뭉친 것처럼 미친 듯이 석진호에게 달려드는 모습에 당하린이 질린 표정을 지었다. 평소에는 그렇게 순하고 착한 아이들이 대련만 하면 완전히 달라졌다.

마치 이중인격자라도 되는 것처럼 말이다. 근데 그 모습이 당하린은 껄끄럽다기보다 부럽고 두려웠다.

'저 아이들이 탁 교두와 정 교두처럼 성장한다면…….'

아직 절정의 벽을 넘지 못한 두 사람이었지만 그녀는 알았다. 머지않아 둘 다 통곡의 벽이라 불리는 절정의 벽을 어렵지 않게 넘으리란 것을 말이다.

부족했던 공력 역시 백년자패와 같은 영물로 채우고 있는 만큼 십 년 안에는 절정 고수가 될 게 분명했다.

그리고 그 뒤에는 채소강과 지금 눈앞의 관도들이 있을 터였다.

'그때가 되면 하북성을 대표하는 거대 무관이 되어 있겠지.'

지금의 오대세가나 구파일방도 처음은 미약했었다.

하지만 뛰어난 무공과 재능, 세월이 쌓이고 쌓여 지금의 거대 문파와 명문 세가가 되었다.

그렇기에 승천무관 역시 충분히 그렇게 될 수 있었다.

"익남이! 춘덕이! 그것밖에 못하나! 여기서 포기할 거야?"

"끄으윽!"

"할 수 있습니다……!"

석진호의 호통에 널브러져 있던 아이들이 끙끙대며 일어
났다. 부들부들 떨리는 팔다리로 기를 쓰며 몸을 일으킨 아
이들이 이를 악물었다.

몇몇은 병기를 지지대 삼아 일어섰는데, 하나같이 이를 악
물고 있었다.

"아직 움직일 만하잖아? 그럼 움직여야지."

"흐아압!"

땀범벅이 되어 있는 관도들과 달리 석진호의 안색은 멀쩡
했다. 심지어 호흡 하나 흐트러지지 않은 모습에 관도들이
질린 표정을 지었다. 하지만 그건 잠시뿐이고 이내 다시 석
진호에게 달려들었다.

까앙! 까가강!

마지막 젖 먹던 힘까지 다 쏟아 낸 관도들이 모조리 엎어
졌다. 손가락 하나 까딱할 힘이 없는지 널브러진 관도들은
시체처럼 꼼짝도 하지 않았다.

"다음은 소강이."

"잘 부탁드리겠습니다."

"봤지? 대충은 없어."

"최선을 다하겠습니다."

관도들과의 단체 대련을 지켜보고 있던 채소강이 한껏 긴
장한 얼굴로 자세를 잡았다.

신체의 일부처럼 언제나 허리춤에 매달아 둔 검을 뽑아 들

고서 채소강은 석진호를 뚫어져라 쳐다봤다.

"너는 익힌 게 좀 특이하니까."

석진호가 가볍게 땅을 박찼다.

관도들과 달리 채소강이 익힌 구궁호신공은 공격보다는 방어에 중점을 둔 무공이었다.

누군가를 지키는 데 특화된 무공인 만큼 석진호는 관도들과 대련할 때와 달리 자신이 먼저 움직였다.

스르륵!

접근과 동시에 휘두른 검을 채소강은 가까스로 피해 냈다.

그런데 그의 표정에 놀람이 서려 있었다.

관도들과 단체 대련을 하는 걸 봤기에 기묘한 궤적에 대해서는 충분히 인지하고 있는 상태였다.

한데 직접 겪어 보니 상상 이상이었다.

"벌써부터 놀라면 쓰나. 지금부터가 시작인데."

"크흡!"

물러난 채소강을 향해 석진호가 쉴 새 없이 검초를 뿌렸다. 딱히 초식이랄 게 없는 검격이었는데 그 공격을 채소강은 간신히 막아 내거나 피해 냈다.

몇 번이나 검에 베일 위기를 넘기면서 말이다.

게다가 석진호와의 대련에서는 검만 신경 써서는 안 됐다.

휘이익!

석진호는 검뿐만 아니라 권장지각 역시 능수능란하게 사

용하는 고수였기에 간격이 좁혀졌다 싶을 땐 특히 더 조심해야 했다.

언제, 어느 순간 발길질이나 주먹이 쇄도할지 몰랐기에 바짝 긴장해야 했다.

퍼억!

하지만 대비한다고 해서 다 막았다면 지금껏 채소강이 수백 번 깨지지는 않았을 터였다.

마치 그의 수를 다 읽는 것처럼 석진호는 너무나 절묘한 순간에 손을 뻗어 어깨를 후려쳤다.

그뿐만 아니라 연쇄적으로 상반신을 두드렸다.

"크윽!"

가뜩이나 경험에서 엄청나게 차이 나는데 거기에 낯설음까지 추가되자 채소강은 정신을 차릴 수가 없었다.

익숙지 않은 곳에서 쇄도하는 검도 검이지만 빈틈을 집요하게 노리고 파고드는 오른손 역시 무시무시했다.

석진호가 봐주지 않았다면 몇 번이나 바닥을 나뒹굴었을 거란 사실을 너무나 잘 알기에 채소강은 머리를 굴리고 또 굴렸다.

'물러나기만 해서는 이 상황이 계속해서 반복될 뿐이야. 뒤집을 방법을 찾아야 해.'

관도들과 마찬가지로 채소강이 석진호에게 늘 들은 말이 바로 생각하라는 것이었다.

아무리 상황이 불리하더라도 어떻게든 평정심을 유지하며 타개책을 찾으라고 했다.

당시에 그게 안 된다면 복기할 때라도 찾아내라고 말이다.

'좌수검만 아니었어도 이렇게 속절없이 밀리지는 않았을 텐데.'

채소강은 새삼 낯설음이 얼마나 무서운지 깨달았다.

만약 실전이었다면 그는 진즉에 목이 잘리거나 심장에 검이 박혔을 터였다.

"아직도 무공의 본질을 깨닫지 못한 것 같은데."

"예?"

폭풍처럼 휘몰아치면서도 석진호는 너무나 평온하게 말했다.

대답도 겨우 하는 채소강과 달리 말이다.

"구궁호신공의 목적을 잊은 것 같다고. 지금 하는 건 대련이지만 어떻게 보면 대련이 아니다."

"그게 무슨 말씀……."

"무공 이름에 모든 게 다 담겨 있다고 생각하는데."

파파파팟!

석진호의 검이 일시에 분열됐다.

꽃이 만개하듯 수십 개로 나뉘었던 것이다.

하지만 진짜는 하나뿐이었다.

지금의 석진호는 채소강이 지니고 있는 공력만 사용했기

무인환생

에 하나를 제외한 나머지는 검영이었다.

'문제는 저 중 어떤 게 진짜인지 알 수가 없다는 점이지만.'

전방을 가득 채우는 무수한 검영에 채소강이 마른침을 삼켰다.

게다가 그가 신경 써야 하는 건 검뿐만이 아니었다.

검영 뒤에는 오른손이 빈틈을 파고들 게 분명했기에 채소강은 이를 악물고서 눈을 부릅떴다.

머리로는 방금 전 석진호의 말을 곱씹으면서 말이다.

'구궁호신공의 본질과 목적이라.'

스극! 슥! 터어엉!

채소강은 참고 참았다.

어떤 게 진짜인지 알 수 없는 만큼 현혹되지 않고 기다렸던 것이다.

그로 인해 무복 곳곳이 갈라졌지만 목표한 석진호의 일 검은 막아 낼 수 있었다.

대신 그 뒤에 이어지는 일 장에 처참하게 바닥을 굴렀다.

"다시."

"끄읍! 네!"

꼴사납게 바닥을 굴렀던 채소강이 번개같이 몸을 일으켰다. 한 번 쓰러졌다고 지도 대련이 끝나는 것이 아니었기에 고통을 참으며 채소강은 자세를 잡았다.

그리고 일어나기 무섭게 석진호가 다시 맹공을 펼쳤다.

"초식과 자세는 확실히 나아졌어. 내가 말한 답은 아냐."

"……찾아내겠습니다, 반드시."

"좋아."

관도들만큼이나 근성과 오기 넘치는 표정으로 채소강이 검을 움켜잡았다.

하지만 말과 달리 석진호의 싸늘한 일갈은 멈추지 않았다.

동시에 채소강의 옷은 금세 흙먼지가 가득 묻었다.

"감을 못 잡는 거 같은데."

"내가 보기에도."

"근데 저 아이들은 알까? 자신들이 돈으로 환산할 수 없는 엄청난 기회를 받고 있다는 사실을?"

"무려 무림육룡도 얻지 못한 기회를 말이지."

석진호의 기세를 느끼고 연무장에 나온 두 사람이 킬킬거렸다.

방금 전까지 둘도 대련을 했던 모양인지 옷이 무복인지 걸레인지 구분이 가지 않았다.

하지만 표정은 밝았다.

"독룡은 얻었잖아?"

"그건 좀 특별한 경우고."

"하긴. 그나저나 소강이 녀석, 오늘 많이 구르겠는데. 진호가 깨닫기 전에는 안 넘어갈 기세야."

"저것도 엄청난 공부지. 자신의 한계를 정확하게 알 수 있

武人還生
무인환생

으니까. 또 진호 정도의 존재감을 가진 무인과 대련하는 게 얼마나 큰 행운인데. 저런 경험은 하고 싶다고 해서 할 수 있는 게 아냐."

"맞아. 그러니까 너랑 내가 이곳에 머무는 것이기도 하고."

당장 모용천만 하더라도 비무행을 목적으로 집에서 나왔다. 북궁혁은 강호 유람 중에 승천무관에 온 것이었고.

하지만 그럼에도 둘은 승천무관에서 떠날 생각을 하지 않았다. 비무행보다, 강호 유람보다 이곳에서 얻는 게 더 크고 많다고 생각해서였다.

"다시."

"끄으윽!"

두 사람이 대화하는 사이에도 지도 대련은 이어지고 있었다. 다리가 풀린 듯 검을 지지대 삼아 가까스로 일어난 채소강이 기수식을 취했다.

그 모습에 하나둘 체력이 돌아온 관도들이 살짝 안쓰러운 눈빛으로 쳐다봤다. 다들 저때의 몸 상태가 어떤지 너무나 잘 알았기에 동질감을 느낀 것이었다.

"구궁호신공이 왜 구궁호신공인지를 생각해. 이제는 단순히 몸에 체득하는 걸 넘어야 한다."

"으음!"

석진호는 절대 답을 알려 주지 않았다.

그건 탁윤에게도, 정마룡에게도 마찬가지였다.

스스로가 답을 찾아야지만 진짜 자신의 것이 된다고 생각했기에 석진호는 늘 화두만 주었다.

똑같은 무공을 익히더라도 결국 그 무공을 소화하고 해석하며 풀어내는 건 각자 다른 사람이었기에 석진호는 섣부른 조언으로 사고의 폭을 좁히기보다는 조금 어렵고 힘들더라도 자신만의 방식을 찾길 바랐다.

"너무 생각이 많아. 머리가 복잡할 때는 쉽게 생각해야 해."

차분한 말과 달리 석진호의 좌수검은 섬뜩하기 그지없었다. 그래서 채소강은 생각을 깊게 하고 싶어도 할 수가 없었다.

마치 단기 속성 과정을 거치던 수련생들처럼 말이다.

'아!'

무인환생

제51장 풍절(風絕)

무자비하게 휘몰아치는 폭풍 같은 맹공 속에서 채소강이 순간 눈을 번뜩였다.

일순 한 가지 생각이 뇌리를 관통해서였다.

구궁호신공 중 호신이라는 두 글자가 뇌리에 박히는 듯한 느낌에 채소강은 자세를 바로잡았다.

반격할 틈을 노리기보다는 오직 방어에만 집중했던 것이다.

'괜히 왼손에 검을 잡으신 게 아니었어.'

채소강이 속으로 장탄식을 흘렸다.

어째서 석진호가 좌수검을 사용했는지 이제는 알 수 있어서였다.

석진호는 처음부터 그에게 말하고 있었다.

'나는 말 그대로 수신 호위다. 객잔주님을 지켜야 하는 호위 무사이지. 그래서 구궁호신공을 전수받은 거고. 그런데 두 분 형님처럼 생각했으니…….'

그는 무인이 아니었다.

무공을 익혔으나 엄밀히 따지면 무인이라기보다는 호위 무사였다.

즉 누군가를 지켜야 하는 임무를 가진 존재라는 뜻이었다.

그런데 탁윤과 정마룡처럼 무인인 양 대련을 했으니 문제가 될 수밖에.

"이제야 깨달은 것 같구나."

"죄송합니다. 제가 더 일찍 깨달았어야 했는데…….."

"아는 것과 깨달은 건 달라. 움직임부터가 다르지."

석진호가 고개를 저었다.

두 개는 비슷하지만 정확히 따지면 달랐다.

마음가짐부터가 달라지기에 알기보다는 스스로 깨닫는 과정이 필요했다.

스스슥!

달려드는 석진호의 검을 채소강은 막아 내거나 흘려 냈다.

좀 전까지만 해도 반격의 틈을 노렸지만 이제는 그러지 않았다.

오직 방어에만 집중했다.

무인환생

'자세는 무조건 정면. 내 뒤에 객잔주님이 계신다고 생각하고 어떻게든 진로를 막아야 해.'

똑같이 오른손에 검을 들면 정면으로 대치한다고 해도 자세는 살짝 비틀어질 수밖에 없었다.

상대가 적수공권이 아니라면 서로의 왼손은 반대에 있어서였다.

하지만 한 명이 좌수검을 사용한다면 얘기가 달라졌다.

적수공권처럼 완벽한 대치가 이루어졌기에 위치를 잡을 때 일반적인 경우보다 편했다.

'물론 실력 차가 현격하게 난다면 아무 의미가 없지만 지금은 지도 대련이니까.'

머리로만 알고 있는 것과 몸이 알고 있는 건 달랐다.

석진호가 말하고자 하는 게 바로 이것이었고.

때문에 채소강은 방어하면서 어떻게든 현재 위치를 고수했다.

뒤에 지켜야 할 사람이 있다고 가정하고 석진호의 공세를 막아 냈던 것이다.

"오늘은 여기까지."

"고, 고생하셨습니다!"

"고생은 무슨. 힘든 건 넌데."

"허억! 헉!"

인사를 끝내기 무섭게 채소강이 주저앉았다.

가뜩이나 풀린 다리로 악착같이 버티고 있었는데 긴장이 풀리자 더 이상 서 있을 수가 없었던 것이다.

그리고 그건 두 팔도 마찬가지였다.

방금 전까지 석진호의 맹공을 어떻게 막아 냈는지 신기할 정도로 검을 들 힘도 남아 있지 않았다.

"고생하셨습니다!"

"오늘도 감사합니다!"

중간중간 일어나서 물러나 있던 관도들이 일제히 인사해 왔다.

그리고 몇몇은 채소강을 부축했다.

혼자서는 움직이지 못할 것 같기에 평소에 친한 아이들이 도와주었던 것이다.

"인사는 됐고, 다 같이 정리하자."

"예!"

지칠 때까지 치고받느라 연무장은 난장판이 되어 있었기에 석진호는 관도들과 함께 직접 주변을 정리했다.

어차피 오후 수련을 하면 또 더러워지겠지만 그렇게 생각하면 끝도 없었다.

미리미리 해 두어야 나중에 편해지기에 석진호는 만류하는 탁윤과 정마륭을 물리며 직접 비질을 했다.

"나도 썼는데 당연히 청소해야지. 그리고 춘욱이랑 하일이, 덕삼이 검과 창은 바꿔 줘. 얼마 못 갈 거 같으니. 훈련

무인환생

때는 괜찮겠지만 대련 중에 부서지면 누군가가 크게 다칠 수 있어."

"알겠습니다."

마흔 명이 넘는 관도들의 이름을 전부 정확히 기억하며 지시를 내리는 석진호의 말에 정마륭이 곧바로 움직였다.

말이 나온 김에 미리 구비되어 있던 예비용 병장기들을 가지러 간 것이었다.

"저도 도울게요."

"괜찮아. 애들이 많으니까."

"빨리 끝나야 오라버니하고 차 한잔할 수 있을 것 같아서요. 아, 씻으셔야 하나요?"

당하린이 묘한 표정을 지었다.

마지막 문장을 말할 때 양 볼을 조금 붉혔던 것이다.

"땀이 안 나서 괜찮아."

"진짜 오라버니는 체력이 대단하신 것 같아요."

"체력이 가장 기본이니까. 기교나 실력이 뛰어나면 뭐 해. 체력이 안 되면 아무것도 펼칠 수 없는데."

"그렇죠."

대답을 하면서 당하린도 주변을 정리했다.

지켜보면서 살짝 다친 애들에게는 따로 말도 해 주면서 말이다.

독공도 뛰어나지만 의술 역시 상당하기에 그녀는 걷는 모습만 봐도 딱 알았다.

아이들에 대해 기본적으로 많은 걸 알고 있기도 했고 말이다.

아직은 어슴푸레한 시각.

아이들의 일과는 지금부터가 시작이었다.

일어나자마자 이부자리를 정리하고 운기조식을 마친 아이들이 하나둘 숙소 밖으로 나왔다.

조심스러운 발걸음으로밖에 나온 아이들은 삼삼오오 모여서 사방으로 흩어졌다.

몇몇은 비질을, 몇몇은 목장으로, 또 나머지는 과수원과 텃밭으로 향했다.

"우리는 식당으로."

"좋지."

승천무관에 입관하기 전 객잔이나 객점, 혹은 노점상 일을 도왔던 아이들은 조용히 식당으로 향했다.

소하정과 채소설이 요리하기 전에 식재료들을 손질하기 위해서였다.

누가 시킨 것도 아니지만 아이들은 자발적으로 일을 하기 시작했다.

석진호 덕분에 인생을 바꿀 수 있는 기회를 얻었기에 보답하는 의미로 이렇게 매일같이 일을 하는 것이었다.

"어우, 똥 냄새!"

"돼지 똥 냄새는 진짜 적응이 안 되네. 맡아도, 맡아도 최악이야."

"어떻게 매일같이 이렇게 많이 싸지?"

유하일과 이춘욱이 얼굴을 있는 대로 찡그렸다.

마치 바늘이 콧속을 콕콕 찌르는 듯한 냄새에 얼굴을 펼 수가 없었다.

돼지 축사에 들어가는 순간 절로 일그러지는 얼굴에 두 사람은 코를 높게 들었다.

얼마 안 되는 거리지만 그래도 최대한 코를 땅에서 멀리 떼어 놓으려는 것이었다.

"쯧쯧! 사람이 머리를 써야지. 그런다고 악취가 약해지겠냐?"

"어?"

"자, 하나씩 받아."

마치 복면처럼 찢어진 옷 조각으로 코와 입을 둘둘 동여맨 육기춘이 두 사람에게도 천을 건넸다.

그러자 기다렸다는 듯이 유하일과 이춘욱이 입과 코를 막았다.

"후우! 살 거 같다."

"진즉에 이렇게 할걸."

"내 말이."

잔뜩 일그러졌던 얼굴이 서서히 펴지며 그제야 사람다운 표정이 되었다.

악취를 완벽히 차단하지는 못해도 어느 정도는 막아 주었기에 둘은 살았다는 표정을 지으며 이내 삽질을 시작했다.

돼지 똥을 비롯해서 소똥과 말똥을 한곳에 모았다.

목장의 분뇨를 한곳에 모아 거름으로 사용하기 위해서였다.

스스슥!

그리고 한쪽에서는 여섯 명의 아이들이 발 빠르게 움직이며 닭과 꿩, 오리의 알들을 챙겼다.

부화시킬 것들을 남겨 두고는 죄다 바구니에 담았던 것이다.

한쪽에는 얼마 전부터 키우기 시작한 비둘기도 있었는데 비둘기의 알은 챙기지 않았다.

전서구로 사용할 비둘기였기에 우선은 개체 수를 최대한 늘릴 계획이었다.

"사슴도 키워 볼 만할 것 같은데."

"여기서 더 일을 늘리겠다고?"

"딱히 크게 늘어날 것 같지 않은데? 그렇다고 공간이 없는 것도 아니고. 말보다는 사슴을 키우는 게 활용도가 더 높지

武人還生
무인환생

않을까? 뿔은 약재로 쓸 수도 있고, 사슴 가죽으로 이것저것 만들 수도 있고. 염소보다는 훨씬 나을 것 같은데."

달구지에 삽으로 분뇨를 퍼 올리며 유하일이 중얼거렸다.

염소젖을 먹기는 하지만 전체적인 가치를 따지면 사슴이 더 나은 듯해서였다.

잡는 것도 삼랑이 가족을 활용하면 쉽게 야생 사슴을 잡을 수 있을 것 같았고.

"그럴 바에는 차라리 말이나 소에 집중하는 게 나을 것 같은데. 사슴고기는 질기더라고."

"염소고기보다는 낫지."

"그건 인정."

이춘욱이 맞장구를 쳤다.

확실히 염소고기에 비하면 사슴고기가 나았다.

수컷 사슴의 뿔은 약재로도 팔 수 있었고.

"사실 나도 걱정이기는 해. 관주님은 나중에 자리 잡으면 후원금을 보내라고 하시는데 중요한 건 현재이니까."

"객잔들이 장사가 잘되기는 하는데 솔직히 많이 남을 것 같지는 않고."

"가장 큰 수입이었던 단기 속성 과정은 벌써 반년 넘게 안 하고 있잖아."

세 친구의 눈동자에 걱정이 서렸다.

지금의 생활이 너무나 행복하고 즐거웠지만 한편으로는

걱정이 되어서였다.

다른 무관의 경우 말도 안 되는 이유로 거둬 가는 금액이 적지 않다는데 승천무관은 정반대였다.

오히려 그들에게 퍼 주고 있었기에 셋뿐만 아니라 다른 관도들도 내심 걱정하고 있었다.

"괜찮을까?"

"복숭아도 판 것보다는 여기저기 선물 주고 객잔에서 요리할 때 쓴 게 더 많았잖아. 이익은 크지 않았을 거 같은데."

"그건 관주님께서 걱정할 부분이지 너희가 걱정할 문제는 아냐."

"헉!"

등 뒤에서 들려오는 익숙한 목소리에 세 아이가 식겁한 표정을 지었다.

그러더니 바짝 언 표정으로 느릿하게 몸을 돌렸다.

마치 잘못을 저지르고 들킨 것처럼 말이다.

"뭘 그리 놀라. 우리도 운기조식 하는데."

"죄, 죄송합니다!"

"사과할 것도 없고. 너희는 그저 열심히 수련만 하면 돼. 무공만 신경 써. 그래서 고수가 되어서 승천무관의 이름을 알리면 돼. 물론 가족들부터 챙기는 거 잊지 말고. 왜 여기를 찾아왔는지를 잊으면 안 돼."

"예!"

무인환생

정마룡 역시 하인 출신이었기에 아이들의 마음을 누구보다 잘 알았다.

그래서 그는 웃으며 세 명의 어깨를 부드럽게 다독여 주었다.

"이건 비밀인데, 관주님 돈 많아. 부자시니까 너희는 걱정 안 해도 돼."

"진짜요?"

"응. 너희가 생각하는 것 이상으로 재산을 가지고 계시니 걱정 말고 무공 수련이랑 너희 미래만 생각해. 그것만 생각해도 인생은 짧아."

소곤거리듯 작게 말한 정마룡이 씨익 웃으며 과수원으로 향했다.

과일이 잘 익어 가나 확인하기 위해서였다.

그리고 그 뒤를 삼랑이가 위풍당당한 걸음걸이로 따랐다.

아침부터 힘이 넘치는지 어제보다 더 우렁찬 것 같은 관도들의 기합 소리를 들으며 석진호가 금전출납부를 확인했다.

하정객잔 본점을 시작으로 두 개의 분점에서 나오는 매출을 확인했던 것이다.

이제는 규모가 제법 커진 만큼 직원들의 숫자도 늘어났기에 기본적으로 나가는 인건비의 비율이 상당히 높았다.

"그래도 수익이 꽤 나네. 확실히 텃밭이랑 차밭의 역할이 크다니까. 미룡 누나의 상단을 통해서 식재료를 다른 곳보다 저렴하게 구하기도 했고."

지출하는 비용이 적지 않았으나 다행히 수익은 그보다 훨씬 컸다.

시간이 꽤 지나기는 했지만 여전히 초대하 요리는 인기 만점이었고, 늘 부족했기에 찾는 사람은 많았다.

거기에 소하정과 채소설, 당하린이 개발한 요리들도 단골을 만드는 데 크게 한몫했다.

"애초에 돈을 크게 벌 생각으로 시작한 일이 아니니까."

객잔이 세 개인 건 다 이유가 있었다.

그리고 돈이 목표였다면 단기 속성 과정을 멈추지 않고 계속했을 터였다.

석진호의 기준에서 큰 금액이 아닐 뿐이지 타 객잔이나 객점에 비하면 하정객잔에서 나오는 수익률은 상당했다.

괜히 다른 객잔주나 객점주들이 소하정이 개발한 비법을 팔라고 하는 게 아니었다.

똑똑똑.

"들어와."

찬찬히 읽던 금전출납부를 덮으며 석진호가 말했다.

이윽고 집무실의 문이 열리며 정마룡이 모습을 드러냈다.

무인환생

"손님이 오셨습니다."

"손님?"

"예. 남궁세가의 남궁수 공자와 남궁연 소저 그리고 당무린 공자가 찾아왔습니다."

석진호가 의아한 표정을 지었다.

당무린이야 찾아오는 게 이상하지 않았지만 남궁세가의 남매는 아니었다.

그렇기에 석진호가 고개를 갸웃거렸다.

"단둘만?"

"호위 무사들과 같이 찾아왔습니다. 당무린 공자는 혼자서 왔고요. 우선 세 분 다 접객실로 모셨습니다."

"알았다."

"참, 수련생들에게서 서신과 선물이 왔습니다."

석진호가 자리에서 일어나기 전 정마륭이 품에 안고 있던 것들을 조심스레 탁자에 내려놓았다.

그런데 딱 보기에도 짐이 상당해 보였다.

"선물?"

"작은 것들도 있고, 각 지역의 특산품들도 있습니다. 가장 무게가 많이 나가는 건 술이고요."

"뇌물인가."

"그런 것 같습니다."

정마륭이 옅게 웃었다.

술뿐만 아니라 서찰 사이에 전표들도 상당하다는 걸 잘 알아서였다.

가르침에 대한 고마움도 있겠지만 앞으로도 잘 부탁한다는 의미도 함께 담겨 있었기에 정마룡은 고개를 주억거렸다.

"아직 갈 길이 구만리인 녀석들이."

"함께한 시간은 길지 않지만 다들 그리워하는 것 같습니다."

"흔치 않은 인연이기는 하지."

관도라기보다는 수련생이라는 말이 어울렸지만 석진호의 지도를 받은 이들의 생각은 달랐다.

석진호를 또 다른 스승으로 여겼고, 쟁자수들의 경우 자신들이 승천무관 출신임을 공공연히 밝히고 다녔다.

마치 자랑스럽다는 듯이 말이다.

"그리고 대기하는 사람들도 꽤 많은 모양입니다. 미룡상단도 마찬가지고요. 석가장에서도 꾸준히 문의가 들어오고 있습니다."

"단기 속성 과정은 당분간 안 할 거다. 우선은 관도들이 먼저야. 수련생은 수련생일 뿐이니까."

"알겠습니다. 그리 전달하겠습니다."

대부분은 석진호에게 고마운 마음을 가지고 있지만 그렇지 않은 경우도 몇 명 있었다.

통곡의 벽을 넘었다고, 절정 고수가 되었다고 입을 싹 닦

무인환생

은 이도 있었기에 정마룡은 더 이상 묻지 않았다.

대신 석진호가 나갈 수 있도록 문을 열었다.

묘한 분위기가 방 안을 가득 채우고 있었다.

우연찮게 황화현에서 만나 같이 승천무관에 도착한 당무린이 게슴츠레한 눈으로 앞에 앉은 남궁수를 쳐다봤다.

"할 말이 있으면 하게. 그렇게 노려보지 말고."

"무슨 속셈인가?"

"속셈이라니?"

미지근한 차를 한 모금 들이켜며 남궁수가 순진무구한 표정을 지었다.

질문의 저의를 전혀 모르겠다는 얼굴이었다.

"모른 척하지 말고. 내가 묻는 게 무엇인지 알지 않나."

"정말 모르겠는데."

"그렇게 나오시겠다?"

당무린이 미간을 좁혔다.

하지만 그런 그의 반응에도 남궁수는 능청스럽게 어깨를 으쓱거렸다.

"난 그저 지난번에 못다 한 비무를 하고 싶어 찾아온 것뿐이라네."

"그럼 혼자와도 되지 않나?"

당무린의 시선이 조용히 차만 마시고 있는 남궁연에게로

향했다.

말대로라면 굳이 여동생을 데리고 올 필요는 없었다.

그런데 이 자리에는 남궁연이 함께하고 있었다.

진짜 비무를 하러 온, 수련하러 온 자신은 혼자 왔는데 말이다.

"견제가 너무 심한 거 아닌가?"

"꿍꿍이속이 너무 훤히 보여서 하는 말이지."

"아직 자신이 없는 모양이로군. 내가 듣기로도 결정된 건 아무것도 없다고 하고."

남궁수가 의미심장한 미소를 머금었다.

웃고 있는데 그 안에 칼이 담겨 있는 듯한 모습이었다.

"결정된 건 없지만 그렇다고 가능성이 높아 보이지도 않는데."

"결과는 까 봐야 알 수 있지 않겠나."

"흥."

느물느물한 대꾸에 당무린이 끝내 입맛을 다셨다.

무슨 말을 해도 능구렁이처럼 넘어갈 게 뻔해서였다.

그래서 그는 남궁연을 힐끔거렸다.

당사자의 생각은 다를 수도 있다고 생각해서였다.

'일례로 팽 소저가 있으니까.'

팽나연은 물론이고 두 아들의 생각도 같았으나 결과적으로 부친의 뜻을 꺾지 못했다.

그로 인해 팽나연은 결국 본가로 돌아가야만 했었다.

"들어가겠습니다."

당무린이 남궁연의 생각을 알아내기 위해 은근슬쩍 훔쳐보고 있을 때 문밖에서 익숙한 목소리가 들려왔다.

승천무관의 주인인 석진호가 문을 열고 들어왔던 것이다.

"오랜만에 뵙소이다."

"안녕하세요, 석 관주님."

문이 열리기 무섭게 남궁수와 남궁연이 정중히 인사해 왔다.

마치 기다렸다는 듯이 말이다.

그 모습에 당무린이 헛웃음을 흘리며 석진호를 향해 포권했다.

"오랜만입니다."

"아, 예."

세 사람의 인사에 간결하게 포권하며 마주 인사한 석진호가 빈자리에 앉았다.

그러고는 남궁수와 남궁연을 번갈아 쳐다봤다.

당무린이야 당하린, 당아린 자매가 있기도 하고 미리 방문하겠다고 언질을 했었기에 놀랄 일은 아니었다.

하지만 남궁수, 남궁연 남매는 달랐다.

생뚱맞다는 말이 절로 떠오를 정도로 예상치 못한 방문이었기에 석진호는 당혹스러운 감정을 숨기지 않았다.

"갑자기 찾아와서 죄송합니다. 많이 놀라셨지요?"

"남궁세가의 소가주님과 금지옥엽이 찾아왔는데 안 놀라는 게 더 이상하지 않겠습니까?"

어조는 담담했지만 그 안에는 뼈가 서려 있었다.

그렇기에 남궁수가 어색하게 웃었다.

어디를 가든 늘 대우를 받았었기에 이렇게 남의 비위를 맞춰 주는 경험은 거의 없었지만 그래도 그는 웃는 얼굴을 유지했다.

석진호의 성격이 이렇다는 걸 알고 있기도 할뿐더러 아쉬운 쪽은 자신이라는 걸 너무나 잘 알아서였다.

"저 그렇게 대단한 사람 아닙니다. 그러니 편하게 대해 주시지요."

"저희 오라버니가 석 공자님을 정말 많이 뵙고 싶어 했어요. 저번에 시간에 쫓겨 떠난 게 너무나 아쉬웠다면서요. 저역시 마찬가지였고요. 승천무관의 풍경이며 분위기며, 정말 좋았거든요."

괜히 같이 온 게 아니라는 듯이 남궁연이 고운 미소를 지으며 거들었다.

남궁수를 지원하듯 절묘한 순간에 끼어들었던 것이다.

"비무 때문입니까?"

"맞습니다. 석 관주님하고 꼭 한번 비무를 해 보고 싶습니다."

무인환생

"별거 없다는 걸 아실 텐데요."

"그럼에도 꼭 하고 싶습니다. 의미 없는 비무는 없다고 생각하거든요. 작든 크든 분명히 배우고 깨닫는 게 있을 거라고 생각합니다."

남궁수가 다부진 얼굴로 대답했다.

두 눈을 뜨겁게 빛내면서 말이다.

그 눈빛에 석진호가 부담스럽다는 표정을 지었다.

"무작정 찾아온 주제에 바로 비무를 부탁드리는 것만큼 결례도 없다는 것을 잘 알고 있습니다. 그러니 하정객잔에서 기다리겠습니다. 다행히 다른 일정이 없어 시간은 많습니다."

모든 것을 내려놓은 듯한 얼굴로 남궁수가 말했다.

다른 이도 아니고 남궁세가의 소가주인 그가 말이다.

그 모습에 코웃음을 치며 조용히 지켜보던 당무린도 의외라는 표정을 지었다.

설마하니 남궁수가 자존심마저 내려놓을 줄은 몰라서였다.

'이건 위험한데.'

석진호의 등장으로 당무린은 내심 남궁수가 흔들릴 거라고 생각했다.

태연한 척해도 속은 절대 그렇지 못할 거라고 말이다.

삼괴가 등장하기 전까지 무림 후기지수 중 최고라 불렸던 이가 남궁수였다.

그런 만큼 충격 역시 상당했을 게 분명한데 이상하게도 지금의 모습은 너무나 멀쩡했다.

'연기하는 건 아냐.'

내색하지 않는 것일 수도 있으나 당무린은 그럴 가능성은 희박하다고 생각했다.

아무리 속내를 잘 감춘다고 하더라도 한계는 분명히 있었다.

그리고 연기를 할 바에야 찾아오지 않는 게 나았다.

다른 이들처럼 폐관수련에 들어가는 방법도 있으니까.

'그래도 한때 최고라 불렸던 인물이라는 건가.'

당무린의 얼굴에 언뜻 씁쓸한 기색이 떠올랐다.

그릇 자체가 다르다는 느낌이 들어서였다.

하지만 그 표정은 창졸간에 사라졌다.

"저도 마찬가지고요. 그리고 저 역시 이번에는 배우려고 왔어요. 하린 언니와 아린 언니를 보면서 자극이 많이 되었거든요. 다른 언니들도 티는 안 냈지만 충격은 분명히 받았을 거예요."

"마침 내 얘기 하던 중이었네?"

"어?"

남궁연이 놀란 표정을 지었다.

문이 열리며 자그마한 쟁반을 들고 들어오는 당하린의 모습에 그녀는 물론이고 남궁수도 깜짝 놀란 표정을 지었다.

무인환생

마치 안주인과도 같은 분위기에 둘 다 놀란 것이었다.

"얘기가 길어질 것 같아서 간식을 좀 가져왔어요. 오빠 얼굴도 좀 볼 겸."

"더 예뻐졌는데?"

"객잔주님이랑 같이 피부 관리를 열심히 하고 있거든. 피부는 젊을 때 챙겨야 한다고 하셔서."

"보기 좋다."

소화(笑花)라 불리는 남궁연과 나란히 있어도 전혀 꿀리지 않는 동생의 미모에 당무린이 엄지를 척 올렸다.

무림오화가 대단하다지만 그의 눈에는 당하린이 훨씬 더 예뻐 보였다.

"고마워."

"알지? 난 사실만을 말하는 거."

당무린이 한쪽 눈을 찡긋거렸다.

너의 곁에는 내가 있다는 듯한 표정에 당하린은 자기도 모르게 실소를 흘렸다.

"잘 먹을게."

"전 그럼 나가 볼게요. 대화 나누세요."

석진호에게 웃으며 눈인사한 당하린이 남궁수, 남궁연 남매에게도 묵례하고는 조용히 접객실을 나섰다.

한데 그런 당하린의 뒷모습을 남궁연이 오랫동안 주시했다.

뜻 모를 표정을 지은 채로 말이다.

"처소는 따로 내드리겠습니다. 지난번이야 인원이 많아서 감당할 수가 없었지만 세 분은 가능합니다. 두 분만 내보냈다가 애먼 소문이 나는 건 사절이라."

"그럴 수도 있겠네요."

당무린이 고개를 주억거렸다.

두 남매를 견제하기는 했으나 숙소는 다른 문제였다.

더욱이 남궁수와 남궁연은 다른 곳도 아니고 남궁세가의 직계혈족이었다.

그것도 검룡과 소화로 이름 높은 두 사람이었기에 명분 없이 내보내는 건 좋지 않았다.

'호사가들이 신나서 떠들겠지. 남궁세가의 소가주와 금지옥엽을 차별했다고 말이야.'

논란이라는 게 아주 사소한 것에서부터 시작한다는 걸 너무나 잘 알았기에 당무린은 찬성했다.

승천무관에 남궁세가, 거기다 사천당가까지 엮으면 자극적인 헛소문을 만들어 내는 건 일도 아니었다.

"물론 그렇다고 해서 부탁을 들어드릴 생각은 없지만요."

"내쫓지 않아 주시는 것만으로도 감지덕지입니다. 정말 감사합니다, 석 관주님."

"감사합니다."

남궁수에 이어 남궁연도 고개를 숙였다.

무인환생

기대하지도 않은 선물을 받은 듯한 얼굴로 말이다.

"방으로 안내해 드리죠."

"예."

얼떨떨한 표정을 짓고 있던 남매가 반사적으로 일어났다.

그리고 그 뒤를 당무린이 따랐다.

❋

비쩍 마른 노개(老丐)가 낡은 호리병을 든 채로 현판을 올려다봤다.

몇 달이 아니라 몇 년은 안 감은 듯한 더벅머리를 벅벅 긁으면서 말이다.

그러자 허여멀겋고 꿈틀거리는 무언가가 땅바닥으로 후드득 떨어졌다.

"허어, 누가 썼는지 참 야무지게도 썼구나."

화려하지는 않지만 머뭇거림이나 망설임이 없는, 당찬 기세가 느껴지는 필체에 노개가 고개를 주억거렸다.

볼수록 빠져드는 매력이 있어서였다.

그리고 그 이유를 노개는 너무나 잘 알았다.

"일가를 이룬 이의 필체야. 근데 이 근방에 유명한 인물이 없을 텐데. 북경 쪽이라면 모를까."

노개가 턱수염을 쓰다듬었다.

그런데 머리를 긁었을 때와 마찬가지로 턱수염에서도 시커먼 무언가가 우수수 흩날렸다.

"뭐, 상관없나. 현판 보러 여기까지 온 건 아니니까."

승천무관이라 적힌 현판을 일별하며 노개가 느릿하게 발걸음을 옮겼다.

술 취한 사람처럼 정문을 향해 휘적휘적 걸어갔던 것이다.

"으아아악!"

"하나만 더!"

"역시 젊음이 좋아. 힘이 넘쳐. 흘흘흘!"

기합보다는 악에 가까운 소리에 노개가 히죽 웃었다.

소리만 들어도 젊음이 느껴져서였다.

하지만 웃는 얼굴과 달리 눈빛은 날카로웠다.

누군가를 찾는 듯이 연무장을 빠르게 훑었던 것이다.

"호오, 놀랍군. 저 정도로 성장할 재목이 아닌데?"

아이들을 지도하고 있는 평범한 인상의 청년을 보며 노개가 고개를 갸웃거렸다.

다시 보고 또 봐도 저 정도까지 오를 만한 재능이 아니어서였다.

각고의 노력을 한다면 스스로의 벽을 뛰어넘을 수 있다고 많은 사람들이 말하지만, 그건 정말 특별한 경우였다.

보통은 한계 근처에도 가지 못했다.

"그런데 저 녀석은 넘었단 말이지. 심지어 그 이상을 향해

무인환생

나아가고 있고. 저게 가능한가?"

차라리 운이 좋아 영물을 먹었다면, 그래서 내공만 많다면 그는 이해할 수 있었다.

하지만 청년의 자세, 몸의 중심, 움직임, 팔의 근육을 보면 절대 어설픈 무인이 아니었다.

오히려 제대로 단련된 진짜 무인에 가까웠다.

그것도 밑바닥에서부터 지금의 경지까지 기어올라 온.

"육성에 재능이 있다더니, 정말인 모양이군."

승천무관에 유명한 게 세 가지가 있었다.

원래는 하나였는데 시간이 흐르자 세 개까지 늘었다.

첫 번째는 승천무관의 주인이자 천룡검, 비천검괴로 불리는 석진호고, 두 번째는 단기 속성 과정, 그리고 마지막은 삼괴라 불리는 두 명의 친구들이었다.

그것도 한 명은 북해빙궁의 소궁주, 다른 한 명은 몰락한 모용세가의 후예였기에 승천무관에 대한 소문은 여전히 중원을 뜨겁게 달구고 있었다.

"저 아이는 외공을 주로 익혔군. 남만 쪽 출신인가? 근데 남만 쪽이라고 보기에는 체격이 너무 남다른데?"

노개가 고개를 갸웃거렸다.

피부색을 보면 남만 쪽이 고향인 듯싶은데 체형을 보면 아닌 것 같았다.

남만 쪽 사람들은 저처럼 거구인 경우가 드물어서였다.

"무슨 일로 오셨습니까?"

너무 오랫동안 한눈을 팔았던 걸까.

다부진 인상의 소년이 다가와 정중하게 물었다.

"승천무관주를 만나려고 왔는데 말이다."

"약속이 되어 있으신가요?"

인기척보다 냄새로 먼저 방문객을 알아차린 채소강이 표정을 관리하며 물었다.

신경을 쓰지 않으면 콧잔등을 찡그릴 것 같기에 채소강은 안간힘을 쓰며 표정을 유지했다.

"흘흘! 인상 써도 되니까 무리하지 않아도 된다. 지금껏 살아오면서 그런 경우가 없었을 것 같으냐?"

"아닙니다. 괜찮습니다."

"약속은 되어 있지 않다. 내가 워낙에 바람처럼 떠도는 성격이라. 그러니 말만 전해 주면 된다. 보다시피 나는 딱히 직업이 없어서 시간은 많거든."

"알겠습니다. 누구라고 전해 드릴까요?"

너저분한 더벅머리에 제멋대로 자란 수염들.

그로 인해 얼굴을 제대로 보기가 힘들 지경이었지만 채소강은 노개를 함부로 대하지 않았다.

본능적인 감이 말을 해 주고 있어서였다.

눈앞의 지저분한 거지가 보통 신분이 아니라는 것을 말이다.

武人還生
무인환생

'개방인가?'

대답하면서도 채소강의 눈은 빠르게 노개의 전신을 훑었다. 보통은 허리띠에 매듭을 매지만 그러지 않는 경우도 있다고 들었다.

소매나 어깨, 혹은 목걸이처럼 목에 주렁주렁 매달고 있는 경우도 간혹 있다고 했는데 노개는 그런 게 전혀 없었다.

그렇다고 백의개라고 하기에는 나이도, 풍기는 존재감도 말단이라고 보기에는 힘들었다.

'평범한 거지는 절대 아냐.'

매일 석진호를 마주하며 살아온 채소강이었다.

그런 만큼 이쪽 감은 상당히 예민한 편이었다.

"뭐라고 말을 해야 하나. 워낙에 바람처럼 왔다가 바람처럼 사라지는 인생이라. 이름이 있기는 하나, 그 이름은 잊힌 지 너무 오래되었고……."

찰랑거리는 소리가 나오는 호리병을 습관적으로 흔들며 노개가 중얼거렸다.

그런데 그가 입을 열 때마다 정신이 혼미해질 정도로 무시무시한 구취가 흘러나왔다.

정신 공격이 아닐까 싶을 정도로 위력이 가공할 정도였던 것이다.

"풍절 대협?"

그때 막 북궁혁과 대련을 끝내고 이마의 땀방울을 훔치던 남궁수가 깜짝 놀라 소리쳤다.

설마하니 이곳에서 마주칠 줄은 몰랐다는 듯이 말이다.

하지만 채소강은 다른 점에서 놀랐다.

머리카락과 수염이 얼굴의 절반을 가려 이목구비가 애매
모호한데도 용케 알아본 게 대단했던 것이다.

"뭐? 풍절?"

"설마 쌍존삼왕오절의 풍절을 말씀하시는 건가?"

"에이, 설마. 천하십대고수가 우리 무관을 왜 찾아와."

"하북제일도도 찾아왔잖아!"

남궁수의 일갈에 연무장에 있던 모든 이들이 일순 행동을
멈췄다.

그 정도로 풍절이라는 두 글자는 무게가 있었던 것이다.

"응? 남궁가의 아이가 있다는 말은 못 들었는데?"

"하하, 어제 도착했습니다. 인사가 늦었습니다, 풍절 대
협."

"이름이……."

"남궁수입니다, 대협."

"아, 맞아. 내가 검룡으로 기억해서 말이지. 내 나이 알지?
일흔이 넘어가니까 이제는 기억력도 예전 같지 않아, 흘흘!"

노개의 너스레에 남궁수가 개의치 않는다는 듯이 웃었다.

배분으로 따지자면 한참 위에 있는 게 풍절이어서였다.

심지어 그의 부친보다도 한 배분 높은 게 눈앞의 풍절이었

무인환생

기에 남궁수는 아무렇지 않은 얼굴로 고개를 주억거렸다.

"다들 그렇다고 하시더라고요."

"아닌 경우도 있고. 근데 나는 머리를 워낙에 안 써서 그런지 노화가 더 빨리 오는 것 같아."

황급히 뛰어온 남궁수를 풍절은 아무렇지 않게 대했다.

제아무리 이름 높은 검룡이라고 하나 그에게는 수많은 후기지수 중 하나였다.

물론 후기지수 중 최고라고 하나, 그 역시 한때에 불과했다.

삼괴의 등장으로 순식간에 밀려 버린 게 바로 그 예였고.

"아직도 정정하신데요."

"근데 남궁세가의 소가주가 여긴 어쩐 일인고? 용봉지회전에 잠시 머물렀다는 이야기를 우리 애들한테서 언뜻 듣기는 했는데."

"벽을 마주 보러 왔습니다."

"호오."

아무렇게나 자란 앞머리 사이로 희미하게 보이는 눈동자에 이채가 서렸다.

짧은 한마디였지만 많은 것을 느낄 수 있어서였다.

동시에 남궁수라는 인물이, 검룡이라는 인간이 달리 보였다.

"물론 마주 본다고 해서 벽이 쉽게 뚫릴 리는 없겠지만요."

"그런 마음가짐을 먹었다는 것 자체가 한 발 내디딘 거다. 보통은 주저앉아 버리거나 회피하는데 말이지. 그럼 거기서 성장은 끝나는 거고. 안되어도 밀어내고 두드려 보는 놈에게 주어지는 게 바로 '기회'다."

"명심하겠습니다."

"흘흘! 뭐, 나같이 다 늙어 빠진 노인네의 말보다 검왕(劍王)의 조언이 더 효과적이겠지만 말이지."

"아닙니다. 충분히 도움이 되었습니다."

부친을 거론하는 말에 남궁수는 고개를 저었다.

오절이 삼왕의 아래에 있다고 하나 그게 반드시 실력으로 나눈 구분은 아니었다.

더욱이 고수들의 경우 본래 실력을 조금씩은 감추고 있었기에 결코 무시할 수는 없었다.

쌍존이라면 모를까 삼왕과 오절의 격차는 그리 크지 않다는 게 중론이기도 했고.

"확실히 이곳이 대단하기는 한 모양이야. 천하의 남궁세가 소가주가 이렇게 직접 찾아오기까지 하고."

"사천당가의 소가주도 있습니다."

"그쪽이야 여동생이 있으니까 명분이 있지. 어쩌면 사돈지간이 될지도 모르는데."

풍절이 옆집 할아버지 같은 표정으로 히죽 웃었다.

워낙에 유명한 일화다 보니 그도 잘 알고 있어서였다.

무인환생

어쩌면 바로 그 점을 노리고 쌍둥이 자매를 놔두는 것일지도 몰랐다.

이렇게 소문이 다 났으니 책임지라고 말이다.

"아직 결정된 건 아무것도 없습니다. 전례도 있고요."

"오홍?"

의미심장한 남궁수의 말에 풍절이 눈을 크게 떴다.

한 눈치 하는 그답게 말속에 담긴 저의를 단박에 간파한 것이었다.

동시에 석진호에 대한 궁금증이 더욱 커졌다.

남궁수만 하더라도 천재라는 수식어가 너무나 잘 어울리는 인물인데 그런 이조차 석진호라는 존재 앞에서는 빛이 바랬다.

그래서 그는 더욱 궁금해졌다.

"아, 제가 말이 너무 길었네요. 석 관주를 찾아오신 것이지요?"

"맞아. 워낙에 말들이 많아서 말이지. 그게 내 호기심을 자극하더라고. 그런데 자네까지 있으니 더욱 기대가 되는군."

"실망하시진 않을 겁니다."

"일부러 기대치를 높이는 거 아니지?"

남궁수는 대답하지 않았다.

대신 긍정을 표하듯 담담히 웃었다.

"저는 우선 관주님께 말씀을 드리겠습니다."

"부탁하마."

"예."

범상치 않은 인물이라는 건 짐작했지만 설마 개방에서도 방주보다 이름 높은 풍절일 줄은 몰랐기에 채소강이 당혹스러운 표정을 지었다.

어떻게 보면 하북팽가주보다 더 명성이 높은 이가 풍절이었기 때문이다.

"덕분에 천룡검을 빨리 보게 되었어. 난 솔직히 이레 정도는 진득하게 붙어서 기다려야 할 줄 알았는데. 성격이 까칠하고 냉랭하다고 들어야 말이야."

"그냥 밝히셨으면 되지 않습니까."

"남사스럽게 어찌 그러나. 내가 풍절이외다! 남사당패의 경극을 찍는 것도 아니고. 또 사칭한다고 생각할 수도 있으니 그냥 기다리려고 했지. 성격이 워낙에 까탈스럽다고 하니 두들겨 맞을까 봐 걱정이 되기도 했고. 이제는 늙어서 뼈가 부러지면 잘 붙지도 않아."

구부정한 허리를 한 손으로 두드리며 하는 말에 남궁수가 헛웃음을 흘렸다.

약한 척을 하지만 당대 천하십대고수의 일인이 풍절이었다.

팽진극도 정도무림을 대표하는 고수였지만 감히 풍절과 같은 선상에 놓을 수는 없었다.

무인환생

"그 정도로 막 나가는 사람은 아닙니다. 냉담해서 그렇지 성격이 나쁘진 않습니다."

"그래?"

"예. 물론 저도 계속 퇴짜를 맞고 있기는 하지만요, 하하."

"보기 좋구먼. 남궁세가의 미래가 밝아."

"감사합니다."

말갛게 웃으며 고개를 숙이는 남궁수를 일별한 풍절의 시선이 두 사람에게로 향했다.

누구보다도 강렬한 존재감을 흩뿌리고 있었기에 자연스레 시선이 갈 수밖에 없었다.

'허어!'

백발의 미청년과 구릿빛 피부가 인상적인 선 굵은 미남을 본 풍절이 작은 눈을 부릅떴다.

그 정도로 두 청년이 지니고 있는 무력이 압도적이어서였다.

동나이대에서는 적수를 찾기 힘들 정도일 것 같은 무위에 풍절은 자기도 모르게 입을 쩍 벌렸다.

"저 두 사람이 백괴와 투괴입니다. 제가 소개해 드리겠습니다."

쩍 벌린 입에서 무시무시한 구취가 흘러나왔지만 남궁수의 표정은 변함이 없었다.

개방의 인물과는 제법 많이 만나 봤기에 인사하기 전에

미리 후각을 차단해서 악취는 조금도 느껴지지 않았다.

"이건 참, 뭐라고 말을 해야 할지 모르겠군. 모용세가의 후예가 나타난 건 무림의 홍복이지만, 백괴는……."

풍절의 얼굴에 오만 가지 감정이 떠올랐다.

모용천의 등장은 강호의 선배로서 너무나 좋은 일이었지만 북궁혁이라는 존재가 그의 가슴을 무겁게 만들었다.

지금이야 세월이 많이 흘렀기에 은원 관계가 희미해졌다지만 북해빙궁은 언제나 새외무림의 패자 중 한 곳이었다.

또한 언제라도 중원의 풍요로운 땅을 침공할 가능성이 있는 세력이기에 조심하고 또 조심해야 했다.

"말이 안 통하는 성격은 아닙니다. 북해 특유의 까칠한 성미는 가지고 있지만요."

"하긴. 적일수록 오히려 가까이 둬야 한다는 말이 있으니."

"불편하시면 바로 석 관주께 안내해 드리겠습니다."

"그 정도는 아니고. 조금 놀라서 말이지. 저건 재능의 수준으로 가능한 게 아니라서."

눈앞에 있는 남궁수만 하더라도 천재라는 말이 과언이 아닐 정도의 인재였다.

하지만 그런 남궁수조차 둘과는 비교하기 힘들었다.

'그런데 천룡검은 저 둘보다 더하다고?'

하북팽가는 물론이고, 이유는 알 수 없지만 사천당가에서도 팽진극이 패배한 사실을 함구시키는 데 전력을 다하고 있

武人還生
무인환생

었다.

다만 영원한 비밀은 없다는 말처럼, 또한 그 당시의 일을 본 사람이 많아 그에게까지 알려졌지만 아직까지는 크게 알려지지 않은 상태였다.

그렇기에 그는 석진호의 실력을 어느 정도는 짐작하고 있는 상태였다.

한데 북궁혁과 모용천을 직접 보게 되자 그 예상이 크게 흔들렸다.

똑똑똑.

"관주님, 손님을 모셔 왔습니다."

"안으로 모셔."

"예."

채소강의 대답과 함께 문이 열렸다.

그리고 어마어마한 악취가 순식간에 방 안을 가득 채웠다.

온갖 썩은 내가 뒤섞인 듯한 지독한 악취였지만 의외로 석진호의 표정은 담담했다.

내심 변화가 있기를 기대한 풍절이 아쉬운 기색을 띨 정도로 말이다.

"앉으시죠."

더벅머리와 길게 자란 콧수염, 턱수염으로 얼굴의 반 이상이 가려졌음에도 아쉽다는 감정이 절절히 느껴지는 풍절을 향해 석진호가 자리를 권했다.

그런데 그 담담한 태도에 풍절이 살짝 놀랍다는 표정을 지었다.

풍기는 분위기도 그렇고 눈빛도 그렇고 이상하게 제 나이대로 보이지 않아서였다.

'이상하군. 최소 불혹은 되어야 풍길 수 있는 느낌인데.'

노련함을 넘어 노회한 느낌을 풍기는 석진호의 모습에 풍절이 내심 갸웃하며 자리에 앉았다.

그러자 기다렸다는 듯이 당하린이 자그마한 쟁반을 들고서 안으로 들어왔다.

"안녕하세요. 장로님께서 오셨다는 말을 듣고 인사하러 왔어요."

"여기에서 지내고 있다는 소식은 들었다. 근데 전후 사정을 모르는 사람이 보면 안주인인 줄 알겠는데?"

"호호호."

당하린이 곱게 웃으며 가져온 다과상을 내려놓았다.

하지만 끝끝내 부정하지는 않았다.

"전화위복이 되어서 그런가. 이제는 오화에 비교해도 크게 밀리지 않겠는데?"

"그 정도는 아니에요. 피부가 좀 더 좋아졌을 뿐인데요."

"흘흘! 아닌 척하기는. 내심 이제는 할 만하다고 생각하는 것 같은데?"

"저는 한 남자에게만 제일 예쁘면 돼요."

당하린이 슬쩍 석진호를 쳐다봤다.

다호와 찻잔을 내려놓으면서 자연스럽게 시선을 두었던 것이다.

그러자 풍절이 박장대소했다.

"뜨겁다, 뜨거워. 역시 청춘은 좋아."

"그럼 얘기 나누세요."

"오냐."

옅은 미소와 함께 조용히 접객실을 나서는 당하린을 풍절은 흐뭇한 얼굴로 쳐다봤다.

후기지수에 대해 잘 모르는 그이지만 당하린은 확실하게 기억하고 있었다.

사천당가 출신임에도 사천당가 출신답지가 않아 뇌리에 선명하게 남아 있었다.

대개 어린 여아들은 그를 만나면 울고불고 난리를 피우는데 당하린만은 그렇지 않았었다.

'오히려 당돌하게 먼저 다가와서 손에 쥐고 있던 간식을 주었었지, 크흘흘!'

이제는 십오 년도 더 된 일이었지만 아직도 너무나 선명하게 기억했다.

그리고 그때의 감정도 말이다.

"저를 찾아오셨다고 들었습니다."

"이렇게 빨리 만나게 될 줄은 몰랐지만. 아, 말은 편하게 해도 되지? 딱 보면 알겠지만 내가 나이가 많거든. 원한다면 정중하게 해 줄 수도 있고."

"상관없습니다. 편하신 대로 하시죠."

"의외로 시원시원하군. 소문과는 다르게."

풍절이 장난기 가득한 어조로 말했다.

슬쩍 석진호의 반응을 떠보는 것이었다.

"소문과 대동소이할 겁니다."

"자신의 소문에 대해서 잘 알고 있는 모양이군?"

"어쩌다 보니 자연스레 들리더라고요."

"하긴. 자네 정도 되면 알아서 들릴 테지. 근데 그거 아나? 자네가 아무리 가만히 있으려고 해도 세상이 자네를 가만두지 않을 게야. 지금쯤이면 스스로도 느꼈을 거라 생각하는데."

"알고 있습니다. 하지만 결국 중요한 것은 제 결정이지요. 그 정도는 할 수 있다고 생각합니다."

담담히 말하며 석진호가 찻잔을 들어 올렸다.

그리고 그 모습을 풍절이 호기심 가득한 표정으로 쳐다봤다.

사실 아닌 척하고 있지만 그는 석진호를 처음 본 순간 경악했다.

천하십대고수의 일인으로 불리는 그조차도 석진호의 무경이 제대로 가늠되지 않아서였다.

武人還生
무인환생

"쉽지는 않을 거야. 차라리 화끈하게 밝히는 게 더 도움이 될 수도 있어. 어중이떠중이들이 찾아오는 일은 없을 테니까. 어쩌면 그게 더 자네가 원하는 삶을 사는 데 도움이 될지도 몰라."

"조언해 주려고 찾아오신 겁니까?"

"그렇다기보다는, 궁금해서 말이지. 하도 대단하다고 하기에 한번 만나 보고 싶었네. 소문대로일지, 아니면 과대평가된 것인지. 근데 도착하자마자 만난 게 검룡이었어. 진짜 생각지도 못한 만남이었지."

"저도 마찬가지입니다. 남궁 소협이 찾아올 줄은."

"처음에는 대견하다고 생각했는데, 지금은 달라. 검왕보다 더 대단한 무인이 될 게야."

삼괴라는 벽을 마주하고도 남궁수는 피하지 않았다.

오히려 정면 돌파를 선택했다.

풍절은 그 점을 높이 샀다.

말이나 생각은 쉽지만 실행하기는 어렵다는 걸 너무나 잘 알아서였다.

막말로 그가 남궁수였다면 그렇게 하지는 못했을 터였다.

'난놈은 난놈이야.'

천하제일인은 되지 못하더라도 천하를 호령하는 검객은 될 것이라고 풍절은 생각했다.

지금의 검왕을 넘어서는 대검객이 말이다.

"제가 남궁세가주를 만난 적이 없어서."

"붙으면 얻는 게 많을 것 같은데?"

"만나는 게 가능하겠습니까?"

"내가 주선해 줄 수 있다."

풍절의 두 눈이 초롱초롱하게 빛났다.

두 사람이 붙는 걸 상상만 해도 기대가 되어서였다.

하지만 석진호는 고개를 저었다.

"귀찮습니다."

"허어! 보통 기회가 아닌 걸 알 텐데?"

"다른 사람들에게는 기회이겠지만 저에게는 아닙니다."

"끄응!"

애초부터 생각이 없었음을 어조로 확인할 수 있었다.

하지만 그럼에도 그는 아쉬웠다.

진짜 고수들의 격돌을 구경할 수 있는 좋은 기회가 사라져서였다.

나이는 많이 먹었지만 그 역시 한 명의 무인이었다.

"지내실 방을 내드리겠습니다. 원하시는 만큼 머무십시오."

"내가 여기서 지내도 괜찮겠어? 보다시피 내 몸에 딸린 식구들이 많아서 말이지."

투두둑.

장난기 가득한 목소리로 풍절이 산발한 머리를 긁었다.

그러자 새하얀 이가 탁자 위로 우수수 떨어졌다.

武人還生
무인환생

하지만 석진호는 그 모습을 힐끔 쳐다보기만 했다.

"괜찮습니다. 청소가 번거로울 뿐."

"흘흘! 걱정은 하지 마. 내 몸을 씻지 않을 뿐 주변 청소는 확실하게 하니까. 나 정도 나이를 먹으면 꾸준히 움직여 주는 것만큼 중요한 게 없기도 하고."

"식사 시간은 늘 똑같습니다. 그 시간을 놓치면 따로 음식을 해 드리지 않으니 가급적이면 식사 시간을 맞춰 주십시오."

"오, 겸상이 아닌가?"

"음식은 따로 내드릴 겁니다. 부족하시면 더 내드릴 거고요."

"그 정도만 해도 감지덕지지. 바닥에 엎어진 음식도 주워 먹는데."

풍절이 실실 웃었다.

칠십 평생을 구걸하며 살아온 인생이었다.

끼니를 거르지 않는 것만으로도 그는 행복하고 감사했다.

"소강아."

"예, 관주님."

"장로님께 방을 안내해 다오."

"알겠습니다."

대기하고 있었다는 듯이 문 너머에서 채소강이 냉큼 대답했다.

그러고는 조심스럽게 방문을 열었다.

"편히 쉬시지요."

"이따 보자고."

의미심장한 눈빛과 함께 풍절이 자리에서 일어났다.

이윽고 그가 접객실을 나가자 석진호는 곧바로 청소를 시작했다.

풍절이 들어오기 전부터 환기시킬 요량으로 창문은 활짝 열어 두었기에 의자를 비롯해서 앉은 자리만 치우면 되었다.

"소독이 제일 중요하지."

앉은 자리는 물론이고 발자국마다 남아 있는 듯한 발 냄새에 석진호는 공력을 이용해 모조리 날려 버렸다.

혹시라도 바닥에 냄새가 배어들까 싶어서였다.

동시에 그는 아이들의 명복을 빌어 주었다.

한동안은 청소하는 데 곤욕을 치를 게 분명해서였다.

"들어가도 될까요?"

"들어와."

"청소 중이셨군요?"

"미리 하지 않으면 금방 밸 테니까."

"후후후!"

진심이 물씬 담겨 있는 석진호의 대답에 당하린이 손으로 입을 가리며 웃었다.

그녀 역시 개방도들의 무서움에 대해서 너무나 잘 알아서였다.

武人還生
무인환생

사천당가도 개방에서 손님이 온다고 하면 여기저기서 앓는 소리가 터져 나왔다.

무인들은 개방도들을 상대할 생각에, 그리고 가솔들은 개방도들이 곳곳에 영역 표시하듯 남기고 갈 흔적에 질색했다.

"이럴 때 보면 오라버니도 사람 같아요."

"사람은 맞아."

"평소에는 뭐랄까, 좀 거리가 느껴진다고나 할까. 그런 느낌이 있어요."

"완곡하게 말하지 말고 그냥 말해. 거리를 두는 것 같다고."

"에이, 그런 건 없어요."

당하린이 인정할 수 없다는 듯이 강하게 부정했다.

왠지 그렇다고 하면 진짜 인정하게 되는 것 같아서였다.

양쪽에서 인정하는 순간 지금의 관계도 허물어질 것 같았기에 당하린은 극구 부정했다.

"천하의 풍절이 올 줄은 몰랐는데."

"호기심 때문에 오셨을 거예요. 궁금한 걸 못 참는 성격이시거든요. 자기 마음대로 바람처럼 왔다가 사라지는 성격이라 아마 오래 머무시지는 않을 거예요. 금방 빠지는 것처럼 또 금방 지겨워하시거든요. 한곳에 오래 머물지 못하시는 성격이라."

"그 말은 달리 말하면 궁금증이 풀리기 전까지는 안 움직인다는 소리로 들리는데?"

"맞아요."

당하린이 씨익 웃었다.

다시 찾아온 것도 바로 그 점을 말해 주기 위해서였다.

동시에 은근슬쩍 소문도 낼 겸 말이다.

'여기까지 어떻게 왔는데. 독차지할 수 없다면 정실 자리라
도 확실하게 차지할 거야.'

석진호의 가치는 그녀가 예상했던 대로 무섭게 치솟고 있
었다. 알고 있었지만 막상 보니 놀랄 정도로 말이다.

더구나 어제는 남궁연까지 찾아왔기에 당하린은 마음을
더욱 강하게 다잡았다.

여기까지 온 이상 순순히 밀려나지는 않겠다고 말이다.

"그래도 경우가 없어 보이지는 않던데."

"장난이랑 농담을 좋아해서 그렇지 남을 피곤하게 하거나
말도 안 되는 억지를 부리는 성격은 아니에요. 평지풍개라
는 별호로도 불리시지만 그건 불의를 그냥 지나치지 못하셔
서 그런 거예요. 풍절이라는 별호 때문에 논란이 본래보다
더 크게 부풀려진 경우도 많고요."

"내가 보기에도 그래 보였어. 그래서 방을 내준 것이기도
하고."

"교분을 나눠서 오라버니께 나쁠 건 없다고 생각해요. 물
론 오라버니께서 알아서 잘하시겠지만요."

武人還生
무인환생

"참고하마."

"주제넘을 수도 있는 말을 잘 받아 주셔서 고마워요."

당하린이 혀를 쏙 내밀었다.

그녀답지 않은 애교였지만 그렇기에 더더욱 의외였다.

보통은 이런 모습을 보이지 않아서였다.

"이런 명언이 있지. 귀는 늘 열어 두라고. 쓴 말을 하는 사람을 절대 멀리하지 말라고 말이야."

"요즘에 책도 많이 읽으시는 것 같아요."

"예전에는 따분하다고 생각했는데 재미있는 책들이 많더라고. 경전 쪽은 여전히 머리가 아프지만 가끔가다 도움이 되는 것도 있고. 그보다 요즘에 불편하거나 힘든 건 없어?"

석진호가 슬쩍 물었다.

아무래도 인원이 점점 늘어나다 보니 알게 모르게 그녀가 신경 쓸 것도 늘어나서였다.

그런데 그 말에 당하린이 환하게 웃었다.

"전혀 없어요. 요즘은 아린이도 말썽을 안 피우고 열심히 수련하고 있어서 그 어느 때보다 좋아요."

"그렇다면 다행이고."

석진호는 깊게 묻지 않았다.

표정을 보아하니 아닌 척, 멀쩡한 척을 하는 것 같지는 않아서였다.

그래서 석진호는 한결 편한 마음으로 담소를 이어 갔다.

관도들이 대련하는 모습을 남궁연은 조용히 지켜봤다.

남궁세가 무인들에 비하면 형편없는 수준이었지만 이상하게 시선이 갔다.

묘하게 시선을 끌었던 것이다.

그래서 남궁연은 미간을 좁히고서 쳐다봤다.

'암만 봐도 기초 중의 기초인데. 정말 별거 없는 대련인데 말이지.'

화려하기는커녕 지루하다는 네 글자가 절로 떠오를 정도의 수련 모습이었다.

그렇다고 재능이 불꽃처럼 튀기는 것도 아니고.

한데 희한하게 자꾸 시선을 끌었다.

"무슨 꿍꿍이야?"

"아, 아린 언니."

"오빠 따라왔다는 어처구니없는 말을 할 거면 하지 말고."

다음 권으로 이어집니다

무인환생